바람이 가고 있다

바람이 가고 있다

—

초판 1쇄 2021년 12월 31일
지은이 김영숙
펴낸이 김영재
펴낸곳 책만드는집

—

주소 서울 마포구 양화로 3길 99, 4층 (04022)
전화 3142-1585·6
팩스 336-8908
전자우편 chaekjip@naver.com
출판등록 1994년 1월 13일 제10-927호
ⓒ 김영숙, 2021

—

* 이 책은 순천시, (재)순천문화재단의 후원을 받아 발간되었습니다.

ISBN 978-89-7944-787-3 (03810)

바람이
가고
있다

김영숙

————

시화집

책만드는집

쉽지 않은 삶을 살아야 했던 젊은 날
늘 머리가 아팠습니다.
가슴속에 응어리가
한가득 쌓여 있는 것만 같았습니다.

삶의 짐을 조금씩 덜기 시작했을 때
시를 만났습니다.
작은 것들을 잘 살펴보게 되었고
아름다운 것들을 더 잘 볼 수 있는
눈을 갖게 되었습니다.

두통이 사라지고
가슴속 응어리가 풀리기 시작했습니다.
아름다운 색깔들을 보게 되었고
그 아름다움과 함께하고 싶어
그림을 그리기 시작했습니다.
생각이 자유분방해지고
마음이 자유로워졌습니다.

제가 누렸던 행복을
여러분과 함께 나누고 싶습니다.

2021년 겨울
김영숙

| 차례 |

01

나는 도둑고양이처럼

02

너에게 가는 길

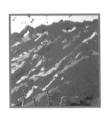

03

푸른 기차를 타겠네

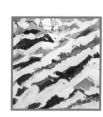

04

어
느
별
에
서
내
게
왔
을
까

나는
도둑고양이처럼

01

봄을 짜깁기하다

링거병 속 붉은 수액이
꽃으로 피어나는 병실에
조그만 여자
어둠과 빛이
교차되는 시간까지
그렁그렁 고인 눈물 속에
낭자한 봄의 숨소리를 짜깁기한다
깃털처럼 팔랑이는 조그만 몸뚱이가
따뜻한 햇살을 꼬옥 품고서
생과 사가 엇갈리는
긴 통로를 더듬고
들숨 날숨 엮어가던
색색의 꽃봉오리들
한 송이, 한 송이,
천상의 계단 앞에 오체투지시키고
해맑은 미소를 날리고 있는
그 여자

그 섬에 내가 있었네

못 살겠거든
그 섬으로 가라
작은 개울 물소리와
댓잎에 쓸려 오는 바람 소리 그리고
나뭇잎 떨어지는 소리까지도
가슴을 두드리는
그 섬으로 가라
비라도 내리는 날이면
한 치 앞도 분간 못 하는 몽환의 세계가
수정처럼 반짝이는 빗물을 머금고
촉촉해진 눈망울로 바라보는 그곳
사려니숲을 질러서 걷다 오월이 오면
수줍은 수국꽃들이
톡톡 피어나 반기고
하늘 높은 줄 모르던 키 큰 나무들도
팔 벌려 잘 왔노라고 기다렸다고
어깨를 도닥여 주는
그곳으로 가라

두모악 가난한 한 사내가
물과 공기와 꿈만 먹다가
훨훨 날아가 버린 그곳에
숨죽이고 가만히 누워
작은 풀꽃들의 속삭임과
두 뺨을 쓸어주는
비릿한 풀 내음에
오르가슴을 느끼면서 행복해하던
그 섬으로 가보라

계월리 연가

산자락 끌어다 붉어진 뺨
살포시 가렸네

골짜기 주름 주름
흘려놓은 미소는
내 심장의 기억마저 지워버린
전갈의 푸르디푸른 독침
저 요염한 눈매 좀 봐
향긋하고 달콤한 그 입술에 입 맞추고
이 봄 내내
봉긋한 가슴 더듬으며
뒹굴고 싶네

여우비 훔쳐다
탱탱하게 부풀린 저 황홀

배롱나무가 타는 이유

천년의 세월이
지문으로 박혀 숨 쉬고 있는 작은 산사 앞뜰에
붉은 가사 장삼 걸치신 노스님 가부좌하셨네
향기 사방에 그윽한 봄날
조용히 소지를 올리시려는지 두 손 가슴에 합장하고
늦가을 빈 옥수숫대 닮은 수척한 정강이 관솔 삼아
화르륵 꽃불을 당기네
잔바람에도 간지럼 타던 앙상한 살가죽 위로
화르르화르르 타고 오르는
저 장엄한 불꽃 좀 봐
꽃불들이 앞다투어 보시 중이네
대자대비의 눈부신 화엄을 보네
절 마당에 가슴까지 엎드려 오체투지 중인
무명의 작은 풀꽃들
낭랑한 염불 소리 좁은 뜰 안에 가득한데
화엄 불국토 문을 열고 찬란한 한 줄기 빛으로 오는
천수천안 저 바람

허공 한 자락 살며시 부려놓고 가는

황홀한 봄날이다

KIM YOUNG SOOK

나는 도둑고양이처럼

벚꽃 잎 매롱매롱 날리는 아침, 고물 리어카 끌고 가는 허름한 사내 커다란 엿가위 장단에 맞춰 가만가만 뒤따르는 그의 고운 아내 하마 갓 서른은 넘었을까 제법 볼록해진 배 위에서 몇 장의 벚꽃 잎 팔랑거린다 폴폴폴 날리는 꽃잎 손바닥에 받아 들고 살포시 웃는 그녀의 미소가 극락정토 가득한 향기로 출렁인다

꽃잎과 여린 햇살이 볼록한 그녀의 배를 서로 번갈아 쓰다듬으며 가만히 귀를 대어보는, 벚꽃 잎 한들한들 날리는 아침, 나는 도둑고양이처럼 그 아름다운 광경을 한참이나 훔쳐보고 있다

21

가시

오랜만에 만난 그 사람

달려가 볼 비비며

꼬옥 안아주고 싶었다

그리웠다고

보고 싶었다고

수없이 많은 날들을

어떻게 지냈냐고

따뜻한 한마디 말 듣고 싶었다

흘러간 시간만큼

원망이 자랐는지

가시나무 한 그루 자라나 있었다

날카로운 가시 통통 튕겨 나와

가슴 언저리에 코옥 박히더니

뼛골 속까지 헤집어

나, 두 손으로 감싸 안는다

달이 봄을 물고 와 부리다

달빛 덧정 난 봄밤, 자지러지게 울다 응어리지던 향기 깊은 상처로 헤적이는 슬픔인 듯 희디흰 꽃잎 속에 숨겨진 열정 도톰한 꽃술 깊숙이 뻗지르다 손끝을 파고드는 통증이다 자꾸만 빨대 속에서 출렁이는 들큼한 수렁 소리 없이 접신하는 슬픈 휘파람 소리

시간의 곡선 앞에 서 있는 초라한 하루살이처럼
애써 기억을 말리는 바람의 흐느낌
달이 봄을 물고 와

당신

뽀송한 캔버스 속살 위에다
무엇으로 먼저 채워볼까나

향기 폴폴 날리는
어여쁜 꽃밭을 그리고 나서

피톤치드 몽글몽글 피어오르는
푸른 숲 계곡도 그려볼까나

산그늘에 숨어 살랑거리는
싱그러운 바람도 몇 줌만 넣어놓고

풋비린내 머금은 청보리밭에
바람의 볼 살며시 어루만지다

수줍은 듯 저 혼자 몸을 누이는
청보리들 재재거림도 그려줄 거다

일곱 빛깔 무지개 불러다
감칠맛 나게 버무려놓고
오늘도 내일도 바라만 볼 거다

봄, 갤러리에 걸리다

돌담 위에 춤추는 고운 옥색 바람

바다는 물낯을 출렁대며

건반을 두드리는 여린 손처럼 반짝이고

샛노란 유채꽃이 초록을 평정하다

청산의 봄날을 어르고

미끄러질 듯 살랑이는 청보리밭 사이사이

물이 뚝뚝 떨어질 것같이 흠뻑 앵겨오는

저 예쁜 색깔들

솔이 우북한 붓 한 자루 꺼내서 듬뿍 찍어다가

지금도 익지 않은 첫사랑 캔버스 위에 칠해보고파

그리움 쥐어짜며 요동치고

살며시 다가가 대보고 싶던

솔향기 가득한 그 입술까지도

악보 위 안단테 음표처럼 느리게

잔자갈 속삭이는 둘레길

소박한 청산의 갤러리에 걸렸다

벚꽃 아래서

잔가지를 찢어
잎새도 없이 피워내는
꽃봉오리

감추고 싶은 조산의 고통인가
부끄러워 얼굴 붉히는
저 꽃잎들

어둠 한 자락
꽃잎을 숨기고
달빛이 술래가 되는
밤 벚꽃 축제

슬쩍 훔쳐보다
초승달눈 되어 흐르던
섬진강 물길이
불빛 따라 또 다른 축제를 열면

재첩들 웃음소리
화개장터 집집마다 굴러다니고
만개한 벚꽃 아래 어둠 한 자락
자꾸만 달빛을 가리고

오월, 창수령

노오란 장미 닮은 질투와
한없는 사랑으로
너의 아름다움을 훔친다
산굽이 돌 때마다
찔레 향기를 온몸에 두르고
봉숭아 씨방 뒤집어지듯
톡톡 불거져
극치의 황홀로 안겨오는 너

푸른 불꽃으로
활활 타올라
찐득거리는 한 방울의 즙
솜털 한 올 한 올 미칠 것처럼
스멀거리게 하는
저 멋진 희열
오월, 창수령

신갈나무

발라당 뒤집어지는
나뭇잎을 본다
거꾸로 매달려야 꽃이 되는 넌
물기 가득한 눈망울로
달밤이 더 좋다던
먼 나라에서 만난 그 트랜스젠더
커다란 슬픔 가슴 깊이 감추어놓고
멀리 떨어져 바라만 보라던
그 한 잎의 나뭇잎
실낱같은 마파람 한 줄에
찐득하고 끈끈한 미소
한없이 날려보다
전생에 화냥기 많은 여자였던지
질퍽하게 물 올린 몸 먼저 누인다는데
한생을 다 바쳐
애타게 마파람만 기다린다는 너에게
나 언제 바람이 되어

시원하게 머리카락 날려준 적 있었는지

생각해 볼 일

타투tattoo

어깨의 민들레꽃 타투는 어느새 새가 되었다

봄이 지나자 노란 꽃 지고 이파리 푸른 실금들이 전 갈의 독처럼 씰룩이며 옆구리까지 번지더니 날개 달 았다 꽃 따라가고 싶은 걸까 아득히 비익조 우는 소 리, 아 살아온 날들의 익숙한 날개 한 쌍이여 우리가 갈 곳은 어둠 깔린 유리 천장이겠지 거세된 시정마 의 서글픈 눈망울 속이겠지 새벽녘 황망히 깨버린 꿈처럼, 가쁜 호흡을 멈추고

네 눈 속에 갇힌 헛되고 욕된 사랑이여
꽃 진 자리에 가슴을 찔러 넣고 날개 파닥이더니
어느새,
허공을 떠다니는
내 몸의 푸른 문장이여,

나비

봄 하늘을 가르던
나비 한 마리
장다리꽃 위에 앉았다
살포시 접은 날개
눈이 부시다

가만히 바라보다 꿈을 꾸듯 더듬는
포근한 당신의 품 그립다

삯바느질하느라
새벽 별 차갑게 반짝이던 겨울밤
달달달 돌아가던 재봉틀 소리는
내겐 언제나 달콤한 자장가

자투리 천 이리저리 맞추어
나비 날개같이 예쁜 옷
만들어 입혀놓고

우리 강아지
나비처럼 훨훨 날거라

불혹 넘기고 얻은 막둥이
가슴 아리게 보듬고서
등 뒤에 얼음 칼날 서 있는데
오들오들 떨리는 두 무릎
윗목 한편에 눌러놓고
얼음처럼 차가운 손바닥에
고운 비단 쓸리는 소리
새어 나오던 긴 한숨 소리
동지섣달 긴긴밤을 어르고

새벽 별 파랗게 뜬 하늘가
언 달빛마저
웅크리고 앉은 당신의 그림자를
달래주던
유년의 긴 겨울밤

나비 한 마리
고운 날개 활짝 펴고
봄 하늘을 가른다
눈이 부시다

그리움을 복원하다

햇살 눈부신 오후 오래전 쓰던 그릇을 찾느라 싱크
대 서랍장 문을 열었다 날 선 눈초리 있다 등줄기가
서늘해 가만히 들여다보니 크고 작은 앙증맞은 술잔
들 입까지 삐죽거리며 엉켜 형형한 눈빛으로 바라보
고 있다 반짝이는 유리 술잔 투박하지만 애증이 가
는 도자기 술잔이 왜 그동안 잊고 살았냐 보고 싶었
다며 투정을 부린다 난 잊고 살았었는데 긴 시간 동
안 기다리고 있었구나 한때는 하루가 멀다 하고 너
희와 함께했었어 미안한 마음에 지워지고 바래버린
뜨겁던 옛 시간들을 영화 속 필름처럼 되감아 재생
한다 사랑을 주던 사람도 사랑을 받던 사람도 뒤돌
아보니 진한 그리움으로만 남았다 빠르게 지나가 버
린 시간의 손을 잡고 설핏 내 안에 돈는 화냥기 은
밀한 언어들 귓가에 뜨겁다 온몸 가득 넘칠 것 같은
짜릿함이 저만큼 떨어져 휘발돼 버린 추억들을 복원
하고 차오르는 그리움도 덤으로 복원 중이다

이파리 한 장의 단상

김 선생님 농장 서리 맞은 포도 넝쿨에 누렇게 오그
라진 이파리 한 장 풍 맞아 뒤틀린 우리 할머니 같다

평생, 막냇손녀 살림살이 걱정하시던 우리 할머니
군데군데 검버섯 핀 누런 손으로 지팡이 짚고 내다
보신다 쪼글탱 몇 알의 포도알, 어린 날 내 장난감,
거죽만 남은 가슴에 말라붙은 시커먼 유두 속진 모
두 빼주고 가물가물한 기억 당기다 끈 놓쳐버린 우
리 할머니 설핏 걸린 햇살 기억자 등에 얹고 가만가
만 걸어 나오신다

뒷방 퀴퀴한 냄새를 달고 잃어버린 손녀네 집 찾느
라 기웃기웃하신다

아버지

누가 쓰다 버렸을까
언덕 위에 등 내린 저 낡은 손수레

녹슨 시간의 바큇살이 삭아 흐물대는 바람을 불러
모으고 평생을 봉사한 손잡이에 찌든 손때가 출렁인
다 축 처진 앙상한 어깨는 이름마저 희미해진 내 아
버지 뒷모습 먼지 뿌옇게 오른 신발 속에서 올망졸
망 도란거리는 내 어린 시절 지금도 작은 생명 싸안
고 헐어버린 시간을 이어 붙이다 축 처진 어깨 위에
산벚꽃나무 향기 가사 장삼처럼 걸치고서 성큼성큼
붉은 저녁놀 속으로 그림자 만들며 걸어 들어간다

누가 쓰다 버렸을까
언덕 위에 등 내린 낡은 손수레

할미꽃

그 소리

바람이 흐느끼는 소리도 같고

먼바다 물질 중인

그녀들의 숨비소리도 닮았다

지금은 누렇게 시든

그녀의 한 생이

삶의 차가운 바람 덥히며

하얗게 세어버린

청상의 머리칼

쩍쩍 갈라 터진 손끝

삯바느질 고운 비단을 깨우고

진보라 꽃잎 위에 새겨진 지문

굽신굽신 동서남북 들이밀며

탱탱히 밀어 올려

생애 단 한 번 일어서는

마른 꽃 대궁의 앙상한 저 엉덩이

붉디붉은 휘파람 소리

저기

뎅그렁뎅그렁

진보라색 종소리로 걸어 나오는

. . . . . .　　엄마

훔쳐보기

약 내음 짙게 깔린
병원 복도에
줄 맞추어 앉아 있는
한 무리 아이들

예닐곱 살이나 되었을까
전깃줄에 앉은
참새들처럼
지지배배 웃는다

발그레한 저 볼
방금 핀 꽃잎 닮았네
눈바람 이기고
갓 피어난 바로
그 꽃봉오리들

행복한 마음과
따뜻한 시간들

저 작은 가슴에
꼭꼭 채워주면 좋겠네

아이들의 향기가
약 내음도 지워버린 그곳
먼발치에 앉아
훔쳐보고 있네

봄, 봄

땅의 가슴에
가만히 손을 얹는다
햇살처럼 퍼져와 엉기는
극치를 향한
고르지 못한 네 숨소리
팅,
시위를 당기면
지축을 박차고 튀어나올 것 같은
연초록빛 활촉이다

나무가 말을 걸어왔어요

나무가 먼저 말을 걸어왔어요 으깨진 풋열매의 위력
을 알고 있냐며 가까이 오면 책임질 수 없다 속삭여
요 맺히기에는 짧은 시간, 허연 배꼽에 하늘을 담고
몽롱해져 둥둥 떠 있게 될 거래요 야릿한 엑스터시
를 먹은 것처럼 대낮부터 세상이 빙빙 돌아간다 해
요 오월이면 앙증맞고 귀여운 하얀 종꽃을 달고 바
람이 흔드는 대로 청아한 풍경 소리를 내는 그 때죽
이라는 이름을 가진 나무가 아닌가요?

아, 더 다가가고 싶어 나무 손을 꼬옥 잡고 무작정
들어간 그곳에 낯설지 않은 참 오래전에 걷던 길 있
었어요

기다리라며 손 내밀었던 널, 끝내 기다리지 못했던
그때, 소금꽃 피던 네 눈물 난 웃으며 찰방찰방 밟았
었지 되돌릴 수 없는 수많은 시간들이 희고 작은 등
에 불을 켠 순간, 사방에 예쁜 꽃 활짝 피더니 향기
가득하네요 아, 지금

허연 배꼽 하늘 향해 열어놓고 내가 둥둥 떠가고 있
어요
나무가 먼저 말을 걸어왔어요

칠부의 의미

그녀는 항상 바쁘다
온갖 궂은일 마다 않고 햇살마저 끌고 와 부릴 줄
안다

그녀가 쭉 째진 실눈에 의심을 가득 품고 바라보는
시간이면 예리한 칼날이 몸 여기저기를 쿡쿡 찔러대
쥐구멍 속에라도 숨어버리고 싶다 뱀 한 마리 붉은
혀를 날름대며 똬리 틀고 앉아 금방 푸른 독을 뿜어
낼 것 같아 어느새 시퍼렇게 주눅이 들고 언제부터
인지 그녀의 얍삽한 머리에 꾀여 쳇바퀴처럼 도는
나는 물 밖으로 튕겨 나온 금붕어처럼 뻐끔거리며
숨이 끊어질 것 같다

나는 도도새처럼 울고
햇살마저 끌고 와 마구 부리는 그녀는 항상 바쁘다

끈

중소기업 판매장에서 사 온
무쇠로 만든 작은 가마솥
펑퍼짐한 엉덩이를 요리조리 부비더니
보릿고개 힘겹던 시간을 거슬러 와
부뚜막에 달랑 올라앉았다
하얀 김이 봄날 아지랑이처럼 피어오르고
반질반질 윤이 나는
새까만 뚜껑을 밀치면
보리밥 동산에 뜬 보름달
구수한 밥 냄새 풍기며 둥실 떠올라
아궁이 앞에서
부지깽이 들고 설치던 단발머리 아이
연기 그을음에 눈물 흘리고
달빛 속에서 언니가 웃고 오빠가 웃고
노오란 양푼에 숟가락이 여러 개
아버지 밥그릇 흘끔거리던
막내 숟가락 빼는 소리도 들린다
작은 가마솥 뚜껑을 열면

뿔고둥 우는 소리 듣는 저녁

투구 쓴 소라를 사 온 날 부우웅 뿔고둥 소라 울음
소리 듣는다

먼 남쪽 바다 어디쯤일까 집어등 불빛 따라 쪽빛 너
울 쓴 파도가 철썩철썩 투정하며 갯바위 품속으로
파고드는 그 시간 나는 단단한 너의 투구를 사정없
이 헤집어 핏물 벌겋게 돋은 말랑말랑한 살 속에 날
카로운 그것 콕 찔러 넣고 여린 몸뚱이를 잔인하게
돌려 빼내지 단단하면 깨지고 터지기도 하지 말랑말
랑한 것은 상처는 남겠지만 그나마 괜찮아 세상 모
든 것이 다 그래 주인을 잃어버린 너의 빈집에 떠
있는 무지개 밟고 소라 껍질 나팔 불며 소꿉놀이하
던 내 친구들이 아무런 문장도 걸치지 않은 채 다가
온다

어디서 무엇을 하며 살고 있었는지
뿔고둥 울음소리 따라 쭈뼛거리며 온다

죽방 명품 십계명

얼짱 각도 알지 턱도 고개도 치켜세우지 마 뜨거워
도 꿋꿋이 참아 너무 놀라서 기절을 해도 안 되고
죽는 그 순간까지 등 비늘이 한 장이라도 떨어지면
큰일 난대 반짝반짝 빛이 나야 해 피부에 과한 선탠
이나 관리는 절대 금지 아무리 괴로워도 눈은 부릅
떠야 해 그렇다고 눈 속에 핏발을 세우면 그땐 정말
끝이래 표정 관리가 정말 중요하거든 시키는 대로
꼭 해 참, 잊은 게 있어 저 먼 중국 서안에 있는 병마
총 토우들처럼 사후엔 뒤꿈치를 서로 붙이고 얼차려
를 해야 해

살포시 숙인 고개는 엊그제 시집온 새색시처럼 수줍
고 동그랗게 뜬 눈망울 속에선 남해 푸른 바다가 출
렁인다 작은 몸에서 풍겨오는 상큼한 바람의 향기와
잘근잘근 씹을수록 우러나는 고소한 너의 육즙,

마치 살아 물속을 헤엄치고 있는 듯 반짝이는 푸른
등 비늘까지 그래 명품이 곤두박질로 그냥 되는 것
이 아니지 바람에 밀려와 죽방의 유혹에 파닥이고
집어등 불빛의 달콤한 발림에 망설이던 네가 다시
태어나는 그 순간 스타란다 밤하늘에 빛나는 저 별
지금부터 넌 부르는 게 값이래 잊지 마 유효기간이
있대 명심해 아직 연습생 십 년짜리들 이 땅에 수두
룩하다는 거

사백어 死白魚

죽어서야 허연 몸뚱어리를 드러낸다는 물고기를 본
다 거제도 앞바다에 봄이 오면 뼛속까지 투명한 것
이 물인지 몸인지 세월 깁다가 주어진 생의 시간만
큼 살 차오르면 파도에 몸 던져 너울이 된다 별빛
온몸에 바르고 바람도 갇히는 촘촘한 어망 속에서
이승의 질긴 끈을 팽팽히 잡아당긴다 한순간, 붉었
던 집어등은 바닷속으로 가라앉고 나는 어두워진다
있는 듯 없는 듯 뼛속까지 투명했던 어머니, 숨넘어
가 하얀 수의 갈아입힐 때

나 바다의 깊이로 그리워하게 될 줄 그때서야 알았네

오드 아이*

달콤하게 속삭이는
그 말은 믿을 것이 못 돼

유리구슬 속 물방울처럼
투명하게 보이고 있어
너만 모르지
너는 두 얼굴의 변검술사

작은 웅덩이 속
두꺼비 한 마리 웅크렸다 일어나
이리 뛰고 저리 뛰며
잠자던 시간을 깨우고

현란한 물갈퀴의 춤사위
누가 말했나 달콤하게 속삭이는
그 말은 절대 믿지 말라는
너만 모르는 더 낮은 그곳을
엎드려 바라볼 수만 있었어도

영원히 잠들어 있을
너의 눈은 오드 아이

* 두 눈동자가 각각 다른 색을 가진 눈.

너에게
가는 길

02

문을 향하여

둥근 외등에 붙은 푸른 등피의 나방 한 마리
한쪽 날개 하늘에 걸치고 버둥거린다

가리개 씌워 손짓하던 어둠이 눈부신 불빛을 감싸
안는다 어서 시간의 고리를 잡고 당겨봐 햇빛도 뚫
지 못한 수심 깊은 그곳에서 부레에 기름을 가득 채
워야 떠오를 수 있다는 향유고래처럼 햇빛의 길을
내봐 더듬이 뻗어 살아온 날들의 숫자를 찾아봐 큰
시험에 든 선각자의 모습으로

밤을 기억하는 푸른 모스부호는 피처럼 붉게 끓고
뚜두두두두 아, 해를 두드리는 이 소리는

가족사진

오래 걸려 있던 시화를 내리고 올여름 휴가지에서
스냅으로 찍은 대형 가족사진을 걸었다 한두 개 뻗
은 가지 끝에서 작고 예쁜 열매 대롱거린다 달콤한
향기 뼛속까지 아릿해 온다 중간 크기 사진 한 장
솜털 보송한 손주 녀석 유학 보낼 짐 속에 슬쩍 끼
워 넣었다 멀고 낯선 곳에 생살 찢어놓을 자리가 벌
써 욱신거린다 언젠가 중지 손톱이 깨져 상상조차
하기 싫은 아픔 속 그 불면의 밤처럼 하루 또 하루
밀려오는 통증을 기약도 없이 참고 또 참아야 할 터
내 밑동을 타고 핀 꽃들이 소리도 없이 영글어 열매
한두 개 자석처럼 끌어다 붙이고 화사하게 웃으며
바라보고 있다

아득히 눈이 부시다

천사 날개 달다

연세 세브란스 소아암 병동에
분꽃씨처럼
눈이 까만 작은 천사 있다
어둠과 빛이 풀어져 헐거워진 통로를
해맑게 웃으며
간이침대에 업혀서 비껴가는 천사
실밥 풀린 노끈처럼
헐겁고 안타까운 눈빛들이
흰 가운에 출렁이는 오후
생과 사를 가늠해 보는
지하 이 층 양전자반응실 앞에
차례 기다리고 있는 저 작은 천사들
날개 돋으려는지
스멀스멀 어깨 가려운데
병동 앞 작은 화분에
채송화 붉은 꽃은
피다 지고 또 피다 지고

바람이 가고 있다
- 우도에서

흰 모래 부추기는 금빛 햇살 향해
보석인 양 으스대는
잔물들의 저 응큼함이란.
처얼썩처얼썩
철없이 보채는 파도를
고름도 미처 풀지 못하고 받아내는
눈먼 소
긴 그림자 좀 봐, 봐.
먼 대천 바다를 가로질러 와
변덕쟁이 지누이처럼
머리 헤풀고 달려들던 성난 바람도
말없이 몸을 누이며
앙다문 입술 사이로 흘러나오는

순박한 풀들의
소리 삼킨 울음소리에 흠칫 놀란다
몇 닢 돈에 팔려 와 마루타가 되어버린
눈이 커다란 동남아 어린 신부의
밤마다 자지러지는 비명 소리에 더 놀란다
허연 거품 입가에 흘리며
사방천지를 헤집고
미친 듯 내달리는 바람
포장마차 촌부의 따뜻한 미소를
입질하다가 푸른 울음 쟁여둔
저 눈먼 소
긴 그림자 쟁채기 내놓고
바람이 가고 있다

착각

나뭇잎 흉내 내던
번데기

가지 끝에 대롱거리다
사그락사그락
허물을 벗는다

가만히 들여다보니
두루뭉술한
더듬이

비상을 준비하는
저 작은 날갯짓

천천히 리듬을 타며
더 넓은 세상으로

불 곁에 가지 마
타서 죽을 수 있어

날개 너무 파닥이지 마
떨어지는 독 가루에
상대 눈이 멀 수도 있어

애쓰지 않고
가만히 있어도
넌 화려하고 예쁘지만

말해줘야 할까
나비가 아닌
나방이라고

울트라블루

여름 하늘보다 더 푸르고 깊은 색
검은색도 아닌 것이 검정에 가까운
희뿌연 회색도 안개도 아닌
아름다운 색

무심코 바라본 겨울밤 하늘의
차가운 별빛을 닮은
미쳐도 좋을 것 같은

언젠가 들어갔던 깊고 깊은 바닷속
아무 소리도 들을 수 없던 캄캄한 어둠 속
두렵지만 갇혀버려도 좋을 것 같은 그런 세상

이제야 알았어
어둠 속에 서봐야
아름다운 세상이 보인다는 것을

에어커튼

그래요 이 층까지는 따라오지 마세요

당신이 멈칫거리면 나도 서 있겠어요 우리 둘 사이
엔 언제 생겼는지 벽 하나 있었지요 너무 높아서 날
마다 기린처럼 목을 늘이고 뒤꿈치를 허공으로 날려
야 했어요 보이지도 않는 금을 지워보려 실을 뽑아
거미처럼 늘여놓고 덜 익은 날들을 숙성시키던 그
싱그럽던 초록의 계절을 난 아직 기억할 수 있어요
때로는 몽롱한 안개도 만들었지요 함께 손잡고 축축
한 안개 속을 헤매던 시간들도 한때는 좋았어요 쉿,
조용히 귀를 세워 들어봐요 커튼이 내려와요 가까이
가면 스르르 커튼이 쳐져요 그런데요 고개를 조금만
숙이고 있으면 언제 그랬냐는 듯, 아무렇지도 않아
요 거짓말같이 고개를 빳빳이 쳐들면 커튼이 내려온
다니까요 아무도 그 사실을 몰라요

그래요 이 층까지는 따라오지 마세요
계단을 못 올라온다는 사실을 난 알고 있다니까요

74

침척 針尺

샀바느질 고운 비단 위에서
능숙하게 춤추던 당신
문드러진 가슴인 양
유리알처럼 반질거리다
가끔은 내 작은 손바닥 위에서
반짝이는 수없이 많은 별들과 함께
벌건 흔적으로 달려들던 무법자
이 밤
당신이 가늠해 주신 그 치수만큼
몇 방울의 눈물 그렁그렁 고여 있다가
이제는 열 수 없는 당신의 넓은 뜰 안에
빗방울 되어 후드득
세차게 떨어집니다

붉은 라오스*

사람도 집도 나무도 풀도
벌겋게 취해 있는 땅
해와 달의 눈빛마저 화전 연기 속에 몽롱한 그곳
한 발 한 걸음 내디딜 때마다
기억의 터를 향해서
시간의 끈을 거꾸로 잡아당긴다
허름한 옷을 걸친 검은 눈동자
발가락 슬리퍼와 단 수숫대 즙, 삶은 땅콩 한 줌으로

루앙프라방**의 수많은 부처님을
만나볼 수 있는 나라
베트콩들이 수천 킬로 땅굴을 파고
피신을 왔었다는 자비의 나라

대자대비 부처님 나라

* 라오스 토질 대부분이 황토와 모래로 이루어졌다고 한다.
** 이 작은 도시에 부처님 사원이 열여섯 곳이 있었다.

그 여름

노디목 다리 아래 두 발을 담그고
자갈들 얘기 소리 귀담아듣겠네
까르르까르르 까르르르르

도도한 물의 품에 제 몸 던져놓고서
수줍은 척 뒤척이며 아무도 모르게
까르르까르르 까르르르르

서산 위의 해 아쉬운 눈길 보낼 때
힘 빠진 햇살 등에 업은
붉은 고추잠자리 떼
반딧불이 흉내 내며 군무를 추는 그곳

사랑하는 이의 손을 꼬옥 잡고
날마다 날마다 두 발을 담그고
자갈들 자지러지는 소리 귀담아듣겠네

힘없이 반짝이는
해거름 물의 민낯을
강가에 뿌리 내린 버들가지 끝에 앉아
바람 대신 살포시 쓸어주겠네

굴바라*

어디에서 오시는 길일까
바람 한 줄기
법당 앞뜰 감로수로 목 축이더니
대웅전 옆문 살며시 밀고 들어서시네
향기 짙은 한 줄의 향
부처님 전에 피워 올리고
두 손 합장한 채, 잠시
흔들렸던 촛불 일으켜 세우시네

운무 자욱한 산사
청개구리, 동자스님 꽃그늘에서
소리 없이 조을고

* 오전 6~7시 사이, 꽃잎이 막 열리기 시작할 때의 연꽃 이름.

핸드폰과 풍뎅이

흉터 새겨진 중동 도시 한켠에
엎드린 탱크처럼
풍뎅이 한 마리 팔꿈치 정강이 모두
부러져 있다

미루나무 그늘 드리운 채 숨죽이고
깔깔대는 아이들 손뼉 소리 왁자하다
돌아라 돌아라
누가 누가 더 많이 돌까 눈 반짝이는 아이들

화약 냄새는 아이들 눈을 뒤틀고
전쟁의 상처는 미래를 뒤틀고

진동 모드로 바꿔놓은
주머니 속 핸드폰처럼
풍뎅이는 온몸을 뒤틀고 울었다

부토투스 알티콜라*

무지갯빛 날개를 펴고

창공으로 날아오를

그날을 꿈꾼다

지독하게 푸른 독

입 안 가득 피워 물고서

접신 중인 댓가지의 세찬 떨림으로

부토투스 알티콜라 춤을 추는

전갈의 꼬리다

눈 뜨고 천 년 눈감고 천 년

보기를 멈춰버린

만년 동굴 속 장님 벌레 한 마리

* 전갈이 꼬리를 수직으로 세워 추는 춤사위.

사막, 크레바스를 꿈꾸다

바람아 나는 잘 빚어진 모래 산이야
하지만 용광로처럼 속 끓어오르는,
내 뜨거운 몸에 애무의 무늬를 새겨줘, 한 치 오차도
있으면 안 돼 어둠 속에서 내 속의 여자를 재지 마 스
킨십 좋아하는 걸 어떻게 알았지? 부드러운 살갗을
부끄럼 없이 내맡기고 해와 달과 별도 외면한 채 시
도 때도 없이 즐기는 살갗이 부딪히는 유희, 독 올라
꼿꼿이 허리 세운 방울뱀 소리도 쭉 째진 눈으로 기
회만 노리며 바라보던 전갈도 네가 있어 무섭지 않아

온몸 가득 너의 무늬를 새겨 넣고 머리엔 빨갛고 넓
은 띠를 두를 거야 손목엔 번쩍거리는 팔찌를 차고
귀에는 커다란 금속 링을 달랑거리게 할 거야 사이
키 조명을 비춰줘, 헤비메탈을 귀청이 찢어지게 틀
어줘 오늘 밤, 광란의 잔치에 방울뱀과 전갈도 다시
초대할 거야 지치지 않는 사이보그처럼 나 미친 듯
이 헤드뱅잉을 할 거야 뜨거운 사막의 크레바스엔
이별이란 놈이 날카로운 이빨을 숨기고 살아 있어
아무도 살아 나오지 못해

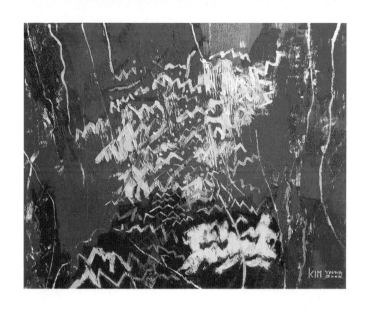

누구도 모르게 덫 하나 숨겨놓고 허우적대다 한순간
에 빨려들게 할 것이므로 쉿, 아무 일 없었다고 시치
미 뗄 거야 내 살 속, 어딘가에 깊숙이 박힌 이글거
리던 태양과 밤의 차가운 달, 늘 가까이 빛나던 푸른
별들까지 그리운 것들 모두 잠들어 있어 또 다른 크
레바스가 숨 쉬고 있다 해도 어느 순간, 쩡쩡 소리
내며 다시 울게 할 거야 뜨거움도 차가울 수가 있어
내 몸이 식기 전 다시 한번 무늬를 새겨줘 한 치 오
차도 없게 제발, 다시는 어둠 속에서 내 속의 여자를
재려 하지 마 또 다른 바람을 맞으러 저 언덕으로
올라가야 해

크레바스를 품은 탕아인 나야,

그 여름 고뿔처럼

핏속에 용암이 끓고 있다
가늠조차 할 수 없는 뜨거움이다

벌건 열꽃이 밤하늘 별처럼 떠서 온몸을 수놓고 앙
다문 입 사이로 파르르 퍼져나가는 고통, 몰아치는
폭풍의 무법자, 활활 거세게 타오르는 불길에 지글
거리는 살갗 흐물흐물 뼈까지 녹아버릴 것같이 뜨겁
다 숨 쉴 수도 없다 죽을 만큼, 첫사랑의 순간이었거
나 식혀줄 수 없어 온몸으로 우는 대장간 식힘 물처
럼 가늠할 수조차 없는 뜨거움으로

아직도 넌, 내 핏속에,
펄떡이며 끓고 있는 용암이다

별밤

누가 읽던 점자책일까
닿소리와 홀소리들 두근대는 심장 소리

우주의

들숨 날숨을 엮어가던

커다란 시간의 손이

육신의 껍데기 훌러덩 벗고

더듬어 읽던 그 책일 것 같네

유니콘도 안드로메다도

문지르면 문지를수록 향기 나는 허브처럼

희뿌연 여명이 올 때까지

푸른 꿈과 숨은 이야기

수없이 뿌려주네

더듬어 읽어가는 손끝에서

수억 년 생명의 역사가

알몸으로 꿈틀거리고

윤회의 바퀴 소리

저,

가늠할 수 없이 찬란한

점자책 한 페이지

핏속의 푸른 독

빨간 꽃 한 송이 피고 있다, 가렵다
밍크고래만이 신호를 보낼 수 있다는 깊은 바닷속
소리의 길, 세포 하나하나에 길을 만들어놓는다 푸
르디푸른 독, 식어가던 꽃술 살며시 들추고 붉은 핏
속에 숨어들어 쿵쿵 혈관을 뛰어다닌다 울부짖는 미
친 짐승이나 푸른 독,

붉은피톨을 먹으며 간다
비릿한 피 냄새를 풍기며 간다
언젠가는 혹독한 상처로 남을 피할 수 없는 가려움

칠월, 아스팔트 위의 만다라

장기 요양 병동 203호
빈 천장 바라보며 옹알이 중인 그녀
움푹 꺼진 눈두덩에 활짝 핀 푸른 꽃
지독한 가난이 싫다며
질긴 꽃자리 생채기 내놓고
흐린 하늘 바라보며
형광색 별이 되고 싶다던 그녀
아슬아슬 움켜쥐던 그 허공
지금 놓아버리고 싶은지
아스팔트 바닥에 찰싹 붙은 채
탈골해 가는 칠월의 아침에
담장에 처억 허리를 걸치고 살랑대는
그녀의 주황색 시폰 치마를 들추며
햇살 한 줌 하늘하늘 환하게 웃고
아스팔트 위에 수놓인 칠월의 만다라 위로
하르르하르르
능소화꽃 지는 소리

너에게 가는 길

흐린 하늘을 이고
몇 방울의 눈물이
점자를 읽어가듯
더듬더듬 시간을 흘리며 간다

붉은 꽃잎들 갈 곳을 잃고
힘없이 떨어진다
함께 만들며 행복했던
색색의 시간들
숨죽여 우는 소리

영원히 지우지 못할
너의 숫자 위로
그리움 품고 흐르다
아쉬워 돌아보는 저 작은 샛강에
황혼이 젖는다

늘 목말라하던
너의 초라한 눈빛이
침묵 속에 갇힌 채 흐르고
비상을 꿈꾸던 너는
온기 가시지 않은
이카루스의 날개가 되었다

내 안에 봉인했던
비밀의 문이 열리면
돌처럼 굳은 감정 하나둘
사막의 바람 따라
영혼을 교류하다
말리꽃 하얗게 핀
어느 언덕에

아무도 모르게
부드러운 달빛으로

내려와 앉아 기다리리
그리운 이여

역류하는 것이 어찌 너뿐이랴

달도 별도 지워진 강가
어디가 길인지 물어볼 수조차 없는 밤
별이 되고 싶은 작은 불꽃들
모닥불 잉걸 위로 튀어 오르는 시간

은어 한 마리 지느러미 퍼덕이며
힘차게 물살을 가르다
힘이 빠져버린 그녀
흔들리며 유혹하는 미끼 덥석 물었다
입천장이 찢어질 것 같은 통증에 헐떡이던 숨소리
아슴하게 산모퉁이 돌아가고

숨차게 역류하며 사랑을 나누던 아름다운 시간도
채 지워지지 않은 채
벌겋게 단 쇠적쇠 위에 온몸을 뉘어놓고
말갛던 눈동자 흐릿해지는데
몸을 비벼대며 사랑한다고 속삭이던 그 말도
허옇게 질려가는 네 눈 속에 함께 있는데
달도 별도 길도 지워진 섬진강 가
역류하는 것이 어찌 너뿐이랴 싶은
모닥불 잉걸도 별이 되는 밤

세마*춤

빙글빙글 돌아간다
빙글빙글 돌고 있다
한 손은 당신을 향해 경배를 올리고
다른 한 손은 어둠을 향해
하심을 부른다
너를 우러른다
너를 감싸 안는다
텅 빈 시간의 공명 속에서
신을 만나고 어둠을 만나고
당신을 의지하리
당신을 보듬고 가리
옆으로 살짝 숙인
무용수의 저 고개는
아직도 누구의 손길을 기다리는지
이스탄불의 밤은 깊어가는데
춤사위에 빠져버린 무용수는
모든 것 다 내려놓고

빙글빙글 텅 빈 시간의 공명 속으로
당신을 만나러 떠난다

* samadhi. 명상의 최고 경지.

연향마을 그녀

해 뜨기 전부터 푸른 밭고랑을 타고
굼실거리며 허리를 늘리는 자벌레 한 마리

가난만큼 질척이는 흙덩이를
한숨으로 잘금잘금 버무려놓고
언덕에 널브러진 개망초꽃인 양
하얗게 세어버린 머리카락이 눈부시다

언제 뜨끈한 구들 위에
등 대고 누워보았나
가물가물한 두 눈이 흐릿해지는데
타오르는 칠월 불볕을
온몸으로 받으며 자지러지다가
아린 삶을 푸른 넝쿨 속에
살며시 감추어놓고
지는 해를 밭두둑에 잡아매고서
느리게 기어가는 자벌레 한 마리

해 진 저녁이면
시큼 짭짜름한 그녀의 체취가
연꽃 향기가 되어 굴뚝을 타고
하늘을 향해 날아오르는
연향마을 그녀

꿈

굼실굼실 뽑아 올리는 싱그러운 초록 실이다 화선지
에 떨어진 한 방울 먹물처럼 발끝에서 머리끝까지
번져오는 초록 물이다 부드럽게 출렁이는 초록 보리
밭 사이 팔랑대는 나비의 날갯짓 보며 푸른 기적 소
리 울리며 달려 나가던 내 유년의 기차도 뚝뚝 떨어
져 번져오는 초록 바람이다 커다란 날개를 주체 못
하고 빙글빙글 맴돌기만 하던 앨버트로스 새처럼 겨
드랑이에 책 한 권 낀 열댓 살 소녀의 스을쩍 흘리
는 미소에도 초록빛 흥건한 풀 비린내 미친 듯 달려
와 안기는 초록 꿈이다

거꾸로 가는 시계

커다란 그늘로
시간을 거꾸로 돌리는
정거장이 앉아 있다
째깍째깍
거꾸로 돌아가는 시계 소리

거꾸로 가는 시간
줄지어 시간을 먹는 사람들
천 년에 한 번 용설란 피어
컴퓨터 속에서 빙긋이 웃는 나무 한 그루
기다린다

알았다
무던히 기다렸음을
용설란 역사驛舍 안에서 시계를 보는 달마
초침 위에 앉아 있던
늙은 복원사가 웃는다

누군가
돌아오는 우주의 헛기침을 감추려
덜커덩거리는 지축
모퉁이를 지나
이미 옆으로 다가선 사람
뒤로, 뒤로 밀어낸다

그녀 이야기

중앙동 동사무소 옆
조그만 문 밀면
낮이나 밤이나
푹푹 찌는 복중에도
하루 종일 고운 실 뽑아
예쁜 꽃과 나비 불러
봄 꽃밭 만들어놓고
계절을 넘나들며 사는
부러운 사람 있다
구멍 난 옷 슬쩍 들이밀면
금세 예쁜 꽃 몇 송이
탐스럽게 피어난다
짙은 향기에 코 벌름대다
감사 전하고 돌아서는데
빼꼼히 열린 작은 문 틈새로
수줍게 눈인사 주는 그녀
숭숭 뚫려 미처 채우지 못한

내 지난 시간들도
고운 색실 뽑아다
감쪽같이 수놓아 줄 것만 같은 그녀
이화 자수 아줌마

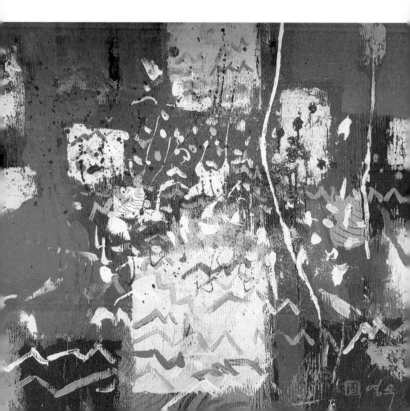

덕자

목포 앞바다에서 잡힌다는 물고기
생긴 모습은 병어인데
크기는 몇 배도 더 되는 그 물고기
한여름 소나기 잔뜩 품은 먹구름인 양
거무튀튀한 얼굴로
두 눈 부릅뜨고 볼살 부풀리면
양반집 돌머슴 같다고 누구에게나 하대를 받았다는데
그 물고기 속살 맛이 일품이라
달콤 쫄깃한 그 맛에 반하면
눈에 보이는 것이 없어진다나 어쩐다나
겉모습만 보고 밀쳐냈다가는 크게
후회한다는 그 물고기
수년 동안 속살 파서 먹으며
어미의 껍질만 남겨놓는다는
심해 대왕문어 새끼들처럼
나 달달하고 쫄깃한 당신의 속살 생각나
눈물 뚝뚝 흘리게 하는

덕자라는 이름을 가진

못생긴 물고기

어떤 이름으로

뻘 범벅으로 고향을 떠났지요 잽싸게 몸을 던지는 발 빠른 친구 몇 싱크대 하수구로 숨어드네요 비릿한 갯내음 아직 생생한데 그 짓도 못 한 우리는 거부할 수 없는 힘에 끌려 캄캄한 냄비 속으로 뛰어들었지요 아우슈비츠가 따로 있나요 뜨겁고 숨 막히는 세상 우리들을 위한 구원의 종소리는 영영 들을 수 없는 걸까요 친구들을 짓밟고 마구 올라갔지요 경련이 일어나는 팔과 다리를 끌고

순간이었어요

그래 하루도 바로 걸어본 적 없었어 평생 남의 눈치만 보며 슬금슬금 옆으로만 기었지 눈을 학처럼 빼어 물고 뻘 속을 들락거렸어 불뚝 솟은 눈망울 영롱한 거품 속에 해초를 물어다 놓던 푸른 파도가 속살거립니다 서편 하늘을 물들이던 바알간 노을 속에서 숨바꼭질하던 그리운 시간들 바라봅니다 비릿한 갯

내음 아득하게 멀어지고 맑은 밀물 철모르고 뛰어놀
던 그 고향집으로 차오릅니다

푸른 기차를
타겠네

03

깃발처럼

혈관에 튀는 핏소리는
생생하고 비릿한 뜨거움이다
저릿하던 그 감촉들
이젠 너무 멀다
초췌한 모습 보이기 싫어
살며시 가버린 그를
밤새 꿈속에서 찾아 헤맸다
이 뜨거움 느껴지나요
이승의 아쉬움 찐득하게 고아
저기 빈 들에 바람으로 휘돌다
내 심장 소리 등대 밑에
그리메* 지며 펄럭이소서

* '그림자'의 옛말.

구절초

찬 바람 오소소한 구월이 오면 빈 들을 환히 밝히는
연보랏빛 한 많은 미소가 있다

아홉 마디로 맺혀야 피운다는데, 한 잎 두 잎 벙그러
질 때마다 푸름 깊은 하늘 보며 한숨짓더니 설핏한
햇살 불러와 진주처럼 영글어놓고 붉은 실핏줄 툭,
툭, 터진 눈으로 애처롭게 바라본다

청상과수 내 어머니, 다디단 젊음의 진액 자식들에
게 빨려놓고 독기 품어 올리며 마디마디 맺힌 눈물,
아무도 모르게 훔치던
내 유년의 더딘 시간을 이고,

북두갈고리 손 마디마디 빈 바람 훑으며
고풀이 한 판을 추고 있다 저기,

사과 깎기

손목에 힘을 빼고
날이 어떤 쪽으로 향했는지
잘 살펴봐야 해
칼자루 쥐었다고 마음 놓지 마
조금만 방심하면 다칠 수 있어
날을 조금만 더 밑으로
고개를 숙여 겸손해질 것
날에서 눈을 떼지 말고
조심조심 앞으로 밀고 나가
하얀 속살이 볼을 비비며 내뿜는
달콤한 향기는 모르는 척할 것
사각사각 상큼하게 속삭여주는
들큼한 말도 못 들은 척할 것
바라만 보고 있어도 겁이 나는
너의 시퍼런 칼날이
뜨겁게 내 안을 파고들 때
처음엔 아픈지도 모르지

붉은 피 먹물처럼

조용히 상처 속을 헤집어 나올 때

아픔도 한꺼번에 밀려와

한 번의 실수가 너무나 커다란

고통으로 오는걸

자 어깨 힘을 빼고

날을 밑으로 내려

잊으면 안 돼

고개를 숙이고

더 겸손해질 것

모과

두근거리는 심장 소리에
행복이 밀물처럼
차오르던 때 있었어

너의 찐한 향기에 취해 나
몽롱해지던 때 있었어

달콤한 말 한마디에
눈물 글썽이던 때 있었어

나를 위해 웃어주던 노란 웃음소리
이렇게 화인으로 찍혀 있는데

하얗게 바래버린 그리움들이
눈물을 솟게 해

수많은 시간들이 시커멓게 문드러지고

지금 이 시간 넌

불멸의 향기로 남았구나

온몸이 떨려오는

소멸의 순간을 두려워 말자

봄은 또다시 올 것이므로

밤골 꽃돌에게 받아쓰기

수억 년 꿈을 꾸던 깊은 바다

억겁 시간의 주름 접었다 들치더니

그 바다

아름다운 섬진강 자락을

꼬옥 품에 안고서

지리산 끝자락에 돌기로 솟았더라

지난 가을

진하디진한 밤꽃 향기에

차가운 돌 속에서 몸 비틀던 꽃들 지금,

몽롱해진 눈빛으로

끙차끙차 물 끌어 올리는 소리

알타이 엘란가시 계곡의 암각화 속

향유고래의 음파를 해독했는지

귓불까지 빨개지며 은근슬쩍 피고 있는

저 꽃들 좀 봐

꽃잎들이 외로움 가득 담고 바라보고 있어

억겁 시간을 들치고 돌 속에 갇혀서

출렁이는 저 바다

수억 년 꿈을 꾸던 깊은 바다의 환생이다

시인이 만든 떡

말랑하고 쫀득한 것이
달콤하고 포근하기도 하지
어두운 틀 속에 갇힌 채
몇 날씩 쥐어짜던 백야
때로는 즐겁기도 우울해지기도 할 터
시인이 고아낸 짜디짠 땀방울들이 빛날 때
백지보다 더 하얗게 발효가 되고
시간의 부피만큼 향긋해지는 그것
나는 춤을 출 터이니
너는 시를 써라
더 덩 기 더 덩 기 흥겨운 장단에
덩실덩실 춤을 춘다
밝고 고운 마음들
어우러지는 그곳에
시큼하고 달달한 행복
세상에 둘도 없을 시인이 만든 떡

풍장 1

후미진 식당 한켠
한 줌 햇살만이 쉬었다 가는 그곳
미동 없는 고양이 한 마리
북적대는 쉬파리들의 문상을 받고 있다
숨바꼭질하는 정지된 슬픔들
구절초 몇 송이 허리를 굽혀
문상객을 맞이하는
잘 익은 가을 오후
먼 들판에서 억새들의
곡비 소리 서걱인다
이제는
사납게 곤두세울 털 올도
늘 갈고 세웠던 날카로운 발톱마저도
기억으로만 펄럭이는 만장이 되었다
아,
저 눈부신 화엄

풍장 2

황톳길 가시 풀섶에
염도 하지 못하고 널브러진
매미 한 마리
어제 부르던 노래 귓가를 맴돌고
속아서 살아온 세월 서러워
미처 감지 못한 눈동자에 별빛이 걸렸다
함께 놀던 바람 솔가지 들락이며
조용히 문상객을 맞이하고
삐비꽃 하늘 향해 만장으로 펄럭인다
이름 없는 것들과 몸 섞으며
탈골해 가는 작은 육신
골수 모두 빠지고 남은
네 정강이뼈 하나 추려
피리 만들어 가슴에 품고
생전에 못다 부른 네 노래
삘릴리삘릴리 불어줄거나
미동 없던 햇살처럼

이승이나 저승 어느 한 곳 마음 두지 못해

석남꽃 흐드러진 언덕 오를 때

얼비치는 팽팽한 줄 하나

풍장 3

바닥에 납작 엎드려
제 몸 물기를 털고 있는
두꺼비 한 마리

차가운 콘크리트 바닥이
가죽만 남은 가벼운 육신을
찐드기마냥 붙잡고

저만큼 떨어져 있던
작은 햇살이 살며시 앞섶을 끌어다
덮어준다

몇 번의 바퀴들이
저 여린 몸뚱이를 지나갔을까

네가 흘린 한 방울의 눈물이
이정표가 되어
저 먼 우주의 끝까지라도
찾아갈 거야

풀숲을 그리워하지는 마
너에겐 무서운 독이 있잖아
너는 복을 가져다주는
행운의 두꺼비였어

바람이 되어 날아라
훨훨 날아가라

130

용문사 은행나무

천 년이 언제 흘렀더냐
목탁 소리에 앞섶 여민다

뜨거운 심장 소리
용문산 지축을 흔들고

절 안에 가득한 네 향기
일주문 밖에서부터
취하더라

우람한 팔뚝은 지금도
가슴을 설레게 하고

아낌없이 주기만 하는 너
가없이 아름답다
풍경 소리에 눈뜨는 아침
두 손 합장하고 머리 숙인다

갈밭에서 불꽃놀이를 하다

허우적대다 빠져드는 모래 구멍이다
한 발 두 발 내디딜수록 빨려드는 그 어디쯤 블랙홀,

갈대의 입가에 엉큼한 숨소리 도드라지는 들큼한 밤
이다 바람의 속삭임 흰 달빛에 윤슬처럼 출렁이고
탱탱한 뻘 둔덕을 잠 못 드는 농게 몇 마리, 갈지자
걸음으로 흘끔거린다 속 다 비운 채 눈치 없이 흘리
는 갈대의 신음 소리 간헐천처럼 솟아 펑펑 터지는
불꽃놀이에 앞산 그림자 몇 마 끊어다 가려주고 싶
은 갈밭에서 아, 우리

하나 되어 얽히고
희디흰 달빛에
화선지에 먹물 번지듯

133

이명 耳鳴

그녀의 집 정원은 커다란 귀꽃 돌쩌귀를 열어야 들어
갈 수 있다

사시사철 이름 모를 야생화가 흐드러지고 귀한 꽃들
이 지천에 피어 있어 가끔은 몇 줌의 향기가 나들이
도 나온다는데 그 꽃들을 헤적이며 유년의 기차가
칙칙폭폭 하얀 김을 내뿜으며 달려오는 밤이면 하늘
에는 사막의 밤 별들이 차례로 뜨고 팅, 독화살을 날
릴 것 같은 전사들 슈슈슉 슈슈슉 따라 들어온다

외갓집 뒷마당 음산했던 대숲 소리도 스스스 시시시
기웃거리고 먼 들에 휘이잉 우우웅 울부짖던 키 큰
전신주 소름 끼치던 울음소리까지 함께 따라온다는
데 그곳은 보안장치도 필요 없다 귀꽃 돌쩌귀만 있고
걸고리는 아예 없어 오는 이 막지 않고 가는 이 잡
지 않는다

어제는 상수리나무 잎 바람에 그네 타는 소리와 해
풍에 솔잎들 간지럼 타는 소리 그리고 떨어진 낙엽
들 재주넘는 소리까지 놀러 왔었다는 풍문이 있었다
달콤쌉싸름한 소리들의 축제가 아무리 크게 열려도
그곳엔 음폭이 큰 스피커는 필요 없다는데 평생토록
그녀가 목말라했던 모든 그리움의 소리들이 슬픔의
뒤쪽에서 향기만 폴폴 날리고 있다 커다란 귀꽃 돌
쪽을 열고 들어가 그 향기 꽃잎 어르듯 어루만져 주
고 싶다

그녀의 집 정원은 달팽이가 살지 않는 달팽이 집에
있다

3초

그래
조금만 참아봐
눈 한 번 질끈 감았다 떠봐

해 질 녘 순천만에서
하염없이 눈길만 받던 저 찌가
물 밑으로 잠수한 지금

떨어지는 해를 바라보던
흑두루미 한 마리가
갯지렁이를 낚아채
비상하는 그 순간

피어 있던 갈대 꽃잎이
파르르 떨리고

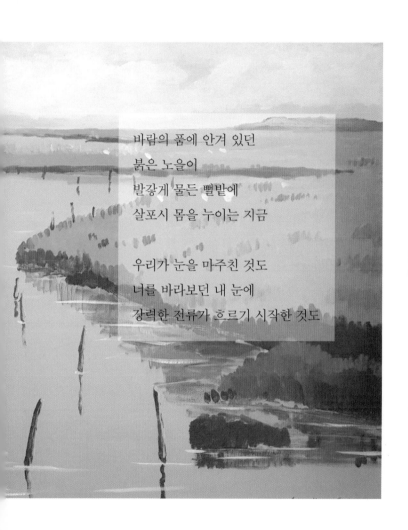

바람의 품에 안겨 있던
붉은 노을이
발갛게 물든 뻘밭에
살포시 몸을 누이는 지금

우리가 눈을 마주친 것도
너를 바라보던 내 눈에
강렬한 전류가 흐르기 시작한 것도

은밀하게

차르르
차르르르륵

넌 내게 스캔당하는 중
어둠이 지워지는 그 순간부터
내 의지와 상관없이 읽히고 말아

날 피할 수 없어
희미한 그림자마저도 어쩔 수 없는 지독한 시간이
오면
난 두 눈을 질끈 감아

멈추지 못한다는 걸 알아
내 안에 들어오는 순간부터 넌 두 무릎이 꺾이고 비
굴해지지
두렵기도 해

새벽안개와 바람이 와
내 눈을 가리고 얼굴을 일그러뜨려도
잠깐만 숨을 고르면 돼
기다리는 시간은 나를 더 단단하게 해
가끔은 흔들리겠지만
넌 영원히 날 피할 수 없어

넌 내 앞에 서 있고
난 늘 민낯이거든

푸른 기차를 타겠네

쥐눈이콩보다 더 작은 꽃씨

가만히 들여다보니

전생에 짝사랑만 했는지

제 몸의 반에다 하트 문신을 하고

눈길만 주면 하트를 날린다

푸른 시어들

굼실굼실 기어 나와

달콤한 열매

주렁주렁 열릴 것 같다

잠 못 드는 밤이면 나

등에 솟은 날개 작고 초라하지만

파닥이며 그리운 시간들 찾아

보고 싶은 이들을 불러도 보고

죽을 만큼 사랑했던 그 사람 만나

두 손 마주 잡고 물수제비도 떠보다

시퍼런 언어의 날

갈대숲 어딘가에 숨겨놓고

푸른 기차를 타겠네

그 섬 이야기

흑산도 횟집 골목에 가면
커다란 전신주에
온몸을 의지한 채
날마다
축 처진 삶들을 기다리는
작은 섬 있다
도란거리며 내리는 빗방울들도
눈치를 보는
양철 바람막이 초라한 그 섬
홍도를 기억하는 햇살 한 줌이
발그레한 볼을 하고
볼품없는 신발 속으로
파고드는 시간이면
부지런한 손끝에서
잘난 구두도 못난 구두도
시침 떼고 일상으로 돌아가는데
허술한 한쪽 무릎에 엎드려

강산이 몇 번 변했나 세어보던

다 낡은 가죽 조각이

하루가 다르게 올라가는 이웃 빌딩을

힐끔거리며 투덜거려도

생의 무게만큼 구린내 풍기는

신발을 보듬고

시커먼 손톱 때가 굳은살로 박힌 일꾼상賞이

내려다보며 웃고 있는 작은 섬

흑산도 횟집 골목에 두둥실 떠서

오늘도 축 처진 삶들을

마중 나가는 유씨 아저씨의 빛나는 섬 있다

인월引月

갈대숲에 달빛 물 노랗게 돋는 밤
뻘 묻은 아랫도리를
갯샘 맑은 물로 헹구고
힘차게 뻘밭을 차고 오르는 새 한 마리
울퉁불퉁 생의 멍울
시퍼렇게 돋아 있는 널배에
한 무릎을 농게처럼 꺾어 얹고
날개 한쪽을 달고
하늘에 길을 내는 발가락새
분꽃씨 같은 눈이 까만 어린것들과
뻘밭을 질겅질겅 씹는 시간들 소태 같아도
화포의 꽃 따서 입에 물고
떠오르는 달빛을 끌어다
오종종한 발가락 날개 활짝 펴
힘차게 뻘밭을 차고 오른다
볼을 비비는 갯골을 지나
와온 낙조에 온몸을 불사르고

헤설픈 달빛 주춤거리며 곁눈질하는 시간
달려드는 파도를 밀어내다 지쳐버린 갯샘가에
찰지디찰진 한숨 소리 한 짐 부려놓고
달빛 물 노랗게 돋는 시간
검푸른 하늘에 길을 내는
남도의 갯땅 발가락새

맹어*

몸짓 하나로 소리를 내는 넌
빛과 색의 의미가 퇴색해 버린 지 오래

수억 년 햇살의 이름마저도 낯선
차가운 물의 숨소리만 기억해
언제 섞였는지
너 거기 서 있어도 없는 것 같고
시간의 자유마저 기억 못 하지

비명조차도 사치 같아서
커다란 동그라미를
수없이 물의 피부에 새기고
어설픈 몸짓으로

수백 조각조각의 지느러미를 움직여
찬란한 무지개를 띄워놓고서
부레 없이 태어나
온몸으로 헤엄치는 상어처럼
느릿느릿 발광하는 작은 물고기

나 눈도 없이 네게 향했을 때
캄캄한 어둠 속에서
느낌으로 다가오던 네 숨소리처럼
차가운 물의 숨소리 위에다 새기는
한 편의 아름다운 무성영화다

* 중국 곤명 지방 오래된 동굴 속에 눈도 없이 태어나 수억 년을 살고 있다고 하는 작은 물고기.

이수가 흐르는 이유

삼산을 끼고 뒤척이다
동천을 따라 흘러가겠네
여기서 저기서
온갖 더러움에 몸이 섞여도
살며시 몸을 포개고 나,
도도히 흘러가겠네
잡풀 헤집으며 흐르다
포르스름 피어나는 갈대 끝에
아침 이슬로 앉아
붉게 떠오르는 해를 맞이하며
희열에 온몸 불태우겠네
저보다 더 낮춘 것은 없을 거라며

가슴으로 뻘을 밀며 몸으로 우는
짱뚱어 시린 하소연도 들어주고
갯벌에 녹아 있는 수많은 한숨 소리 도닥이겠네
저물어가는
와온 갯골에 몸을 절이고
갈대숲 사이로
뜨겁게 지는 해 배웅하겠네
캄캄한 어둠이 찾아오면
화포나루에 화안한
꽃등 하나 내다 걸고서
소리 죽여 저 바다와 몸을 섞으며
몇 번쯤 더 뒤척여야
그 섬에 닿을 수 있는지
반짝이는 별들에게 물어보겠네

혀

팔랑팔랑 팔랑댄다
빙 빙 빙 빙 돌아간다

벌겋게 달아올라
잘못하다간 데이겠다
부풀어 오르는
저 물집
화상 연고가 필요해
스윽슥 갈고 있는
시퍼런 저 날
스치면 붉디붉은 피 철철 흐르겠네
떨어지는 살점들
눈도 귀도 모두 가리고
뒷걸음치는 것은
초대받지 못한 이방인들뿐
바람도 한 점 없는데
발도 손도 없는

조그만 저것

빙 빙 빙 빙 잘도 돈다

천 개의 손

한적한 산길
한 잎 낙엽이 엎드려 있다

아무도 찾는 이 없는데
누가 밟고 지나갔는지
가을빛 어여쁜 그 등에
상처가 가득하구나
제 몸 떨궈낸 큰 나무 향해
땅바닥에 찰싹 가슴까지 붙이고
오체투지는 일어설 줄 모른다

적멸보궁*을 두드리던
몇 줄기 초겨울 비가
그리움 낀 여린 인연들
조심스레 닦아주고
으스러지고 뭉개진 가을을
말없이 어루만진다

* 번뇌의 경계를 떠난 죽음의 세계.

시정마

눈빛이 슬퍼 떠나지 마

잘 빚은 조각같이 아름다운 넌 저 먼 우주의 블랙홀
처럼 강력한 힘으로 날 끌어당기지 알 수 없는 아우
라가 네 등 뒤엔 언제나 떠 있어 밀물이 밀려오듯
다가오는 감미로운 너의 그 향기에 난 혼미해지다
한순간 정신을 잃기도 했어 수없이 많은 갈망들을
가둬버린 채 연마 중인 쇠붙이처럼 푸릉푸릉 울기도
했어 찬 바람 윙윙대는 들판을 미친 듯 내달리는 햇
살을 받은 내 갈기가 왜 은빛으로 서럽게 빛이 나는
지 불끈불끈 요동치는 그 축복의 시간을 기다렸다는
듯 사라져 버리는 널 그때는 미처 몰랐어 죽을 만큼
고통스러운 것도 내가 아닌 바로 너라는 것을

지음知音

손짓하지 않아도

샛강에 노을로 물드는

늦은 오후처럼

탱자

어린 날 네 줄기에 솟은
푸른 가시에
어린 살결 다칠까 봐
주눅 들어 살다가
그 가시 단단해져 뿔처럼 군림할 때
단단한 울타리 되어주더니

늙고 병들어
해맑던 얼굴 문드러지고
네 몸에 남아 있던 한 방울 물기마저
모두 다 거두어
한 줌 흙으로 돌아가는
마지막 순간까지
진한 향기 폴폴 날려주는구나

나도 누구를 위해서
향기 비슷한 걸 줄 때가 있었는지

왼쪽 가슴께 콕 찌르는

어떤 것 있다

무지개로 뜨다

거무튀튀한 얼굴에 하얀 이가 빛나고 있다
뜨거운 심장을 혼자만 가진
세상에 둘도 없을 것 같은 그 아이

푸른곰팡이 사방에 출렁이는
낯선 지하 단칸방
퀴퀴한 냄새 향기처럼 날고
볼이 움푹 파인 채
인조 관절에 온몸을 지탱하고
뻗정다리* 로봇이 된 그 아이
그 나이에 있을 수 없는 일이라 했어
시간을 염장하는 쓰린 날이면
뼛속을 파고드는 바람을 붙들고

지금도 삭이지 못한 것들
가슴에 품은 채
흑백 세상에서 무지개로 떠
보석처럼 웃고 있다 그 아이

* 구부러지지 않는 다리.

문

너를 지나면 또 다른 세상
어디로 나갈지는 지금도 난 모르겠어 넌 너무 예민
하고 정교해
눈곱만큼만 기울어도 못 견디고 삐걱거려 조그만 틈
새도 허락하지 않는 넌
알 듯 모를 듯 나와는 너무 달라 항상 다른 느낌이지

제주도 올레길 어디쯤에 있던 듬성듬성 성근 돌담을
생각해 봐 바람이 흐르는 길도 내주고 틈새로 푸른
하늘까지 보게 해줘 저 멀리 넘실거리는 파도와 바
람에 눕는 풀들의 울음소리까지도 듣게 해주고 해
지는 바닷가에 춤추는 파도 미친 저녁노을도 보게
해주지 밤이면 푸른 별들이 놀고 가는 그곳도 나는
좋아 너를 너무 좋아해

어디로 나갈지
지금도 난 모르겠어

45도

수도꼭지가 이상하다
언제부터인지
손도 닿기 전 스르르 혼자서 돌아간다
늘 그랬듯 넌 비틀려야만 되는 숙명
예정대로라면 지금
콸콸 시원한 물줄기를 뿜어내야 해
넘치거나 모자라지도 않게
강약을 잘 조절해야만 하지
하, 십여 년 비틀리다 보니
너도 자꾸만 비틀리는 게 싫었나 보다
나 너처럼 싫은 것 고개부터 돌렸어
못 볼 꼴을 보았을 때면
눈을 질끈 감고서 아무도 모르게
슬며시 고개를 돌리지
하긴 사알짝 가까이 대기만 해도
콸콸 물이 나오는 꼭지도 있더라만
넌 비틀려야만 의무를 다하는

오래된 수도꼭지라는 걸

잊으면 안 돼

어느 별에서
내게 왔을까

고치 속으로 들어가다

어머니 사시던 습기 찬 문간채 골방,
푸른곰팡이 사방 벽에 출렁거리고 퀴퀴한 냄새 떠다
니는 아랫목 기진한 솜이불, 쿨럭이다 문살 틈으로
기웃대는 가난한 햇살을 불러 모은다 굼실굼실 허리
늘리며 마실 나가는 나방, 등 뒤로 하얗게 반짝이는
그리움의 실들이 따라가고 한 올 한 올 정성스레 당
겨본다

어느새 그 속으로 숨어드는,

그때는 몰랐지

바라보면
눈물 나는 그것

골목 들어서며
홀짝홀짝 입 대보던
다 찌그러진
노란색 주전자

그 작은 주둥이
가만히 들여다보면
희뿌연 막걸리
뛰는 발놀음에
꿀렁꿀렁 놀아나고
언 손 호호 불며
뛰어노는 아이들 보인다

머리 위 하늘엔
어디에서 왔는지
솔개 한 마리 빙빙
술지게미 얻어먹은 아이들
홍시처럼 벌게진 얼굴로
비틀비틀 돌고

하늘이 낮아지다가
다시 높아지다가
땅이 푹 꺼지다
언덕이 되고
입가에 웃음이 실실
그때는 몰랐지

그것도 아무나
먹을 수 없었다는 걸

설화

눈이 내린다
여린 소나무 가지에 꽃이 만발했다
조락하는 것들의 슬픔을 이고 지고
사뿐사뿐 내려딛는
저 흰 버선발
누구의 춤사위가 저리도 고울까?
순백의 미소
눈부시고 황홀하다
차가운 달빛에 보석처럼 빛나다
봄을 숨긴 햇볕이 문밖에 찾아오면
흔적마저 지우고

애초에 없었다고 시침 떼겠지

아무도 깨지 않은

새벽 마당에 찍던 내 발자국 꽃잎 몇 개

송송 피어나는 그 슬픔 어루만지고

사방이 어둠이면

더욱 찬란하다가

한 줌 햇볕에 사라지는 순간까지

가지 끝에 만발한 이 시간을 뽐내거라

바람아 너도 버선 신고 조심조심 불어라

눈이 내린다

한량춤

파닥인다
저것은 모시나비의 날갯짓
소나기 그친 후 앞산에 어른대던
무지개 한 자락이다
스을쩍 흘려주는 당당한 저 미소는
극과 극을 넘나들며 평생 한 번 볼 수 있다는
현란한 오로라
하이얀 외씨버선 코에 무한의 허공을 얹어
성큼성큼 절도 있게 각을 잡는다
덩실 더덩실 부채를 펼쳐
땅을 어르고 하늘을 어른다
덩기 덩기 덩기닥 궁따
꽃등을 밝혀라 꽃등을 켜라
화안히 밝혀오는 향그런 꽃등 속에
사풋이 대 하나 꽂고서
서러운 내 어머니
나들이 나오신다

172

작은 혹들
죽지 속에 올망졸망 끼고서
덩 더러러러 궁기닥 궁 딱
나뭇등걸 닮은 앙상한 두 무릎 위에
사시사철 얹혀 있던 비단 옷감 자락들
긴 겨울밤
내 어머니 등 뒤
그 투명한 슬픔이다

타르초*

바람결을 쓰다듬으면
온몸의 세포
널 위해 열리고
내 마음의 크기가
줄어들 때쯤

신성한 설산의 타르초
백팔 개의 징검다리를 건너
요령 흔들며
완벽한 환생을 꿈꾸다
하늘, 땅, 구름과 꽃으로
숨비소리가 된다

너의 온기 곳곳에 배어 있는
적막의 시간
기다림은
영혼의 고리를 붙들며

신과 마주하고

펄럭이는 저 깃발들 사이

살아 있음을 알리는

우리의

거친 숨소리 듣는다

* 죽은 이의 영혼을 위로해 주는 108개의 깃발.

지금, 그립다

공공 근로장 한 귀퉁이 허름한 옷차림으로 옹기종기
둘러앉아 도시락 먹는 사람들 시리고 허기진 바람이
웅크린 등 너머로 머뭇거리고 나는 작은 의자에 앉
은 아이가 되어 있다 너도 나도 모두가 가난했던 그
때 추운 겨울날이면 커다란 난로 위에 차곡차곡 포
개 얹은 누런 보리밥 꼬옥 품어 덥혀놓고 시곗바늘
지켜보며 허기진 우리를 기다리던 노란 양은 도시락
좋은 반찬이 어떤 건지도 모르고 신김치 국물과 고
추장뿐이었던 초라한 반찬을 우리들은 서로 나눠 부
어 세로로 가로로 찰찰 흔들어대며 까르르까르르 웃
음 장단에 시고 붉은 국물이 춤을 추며 보리밥 사이
사이를 붉게 물들여 준 꿀맛 같던 그 도시락 어떤
진수성찬이 그보다 더 맛있으랴 수없이 많았던 모멸
의 시간들이 생피 벌건 상처들을 어루만지고 격정의
순간들을 지켜보면서 내 삶의 지문으로 남아 있는
늘 허기졌던 그 시절

지금, 그 도시락이 그립다

오기

그래 쥐불을 놓아 온 들을 태우거라
나는 그 순간 활활 타오르다가
소지를 올리고
향불처럼 사그라져
동트기 직전의 캄캄한 어둠 속
적멸의 시간을 보내고
짓밟히고 문드러져 형체조차 알아볼 수 없어도
내 뿌리가 서 있는 땅을 찾아 육보시하고
쩍쩍 갈라져 먼지 풀썩이는 척박한 땅
날카로운 시멘트 좁은 틈새
기름 폐수 뒤범벅되어 꿈틀대며 흐르는
썩은 하천가에서도
태양이 또다시 솟는 것처럼
불끈 일어서
향기 짙은 한 송이 꽃을 피울 것이다
그래 쥐불을 놓아 온 들을 활활 태우거라

로키산맥

잔설이 그린 그림
아름다운 열두 폭 병풍

계곡 사이사이
눈꽃으로 피어난 슬픔
만년설
잔잔한 수면 위에
침묵이 눈 반짝이는데

대자연의 설원을
뛰고 달리던
그들은 다 어디 가고
수백 년
쓰러져 잠든 고목 위에
전생으로의 회기를 꿈꾸는가

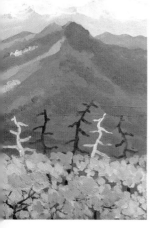

맑은 풀꽃 하늘거리며
먼먼 기억을 더듬는데

계곡 문전에
아른대는 물안개
옛 주인을 기다리는지
만년설 옥빛 빙하수 떠다
긴 시간 숙성된
슬픔을 씻어 닦아
잔설 위에
옥빛으로 다시 피어라
아름다운 열두 폭 병풍아

그림자 지우기

엄지손톱이 깨졌다 몸이 뒤틀리는 고통 속에 욱신욱신 일그러진 손톱 위로 검붉은 몇 송이 꽃 스멀스멀 피어나더니 문인화 화폭 속 벼락 맞은 고목처럼 시커멓게 변해 쳐다본다 그래 언제나 넌 그 자리에 있었어 있어도 없는 것 같은 너의 부재가 이렇게 선명할 줄 그땐 정말 몰랐어 너 다시 태어나 그곳까지 가려면 수없이 많은 시간과 노력이 필요하겠지 후회와 연민으로 범벅이 된 불면의 밤이 찾아왔다 하, 한 세상 산다는 것이 다 그렇고 그런가 보다 있을 때는 존재감도 모르던 그 무엇도 건성건성 흘려보낸 시간들까지 뒤돌아보며 후회하는 그런 일이 있을 수 있다는 것 세상의 모든 그림자들을 지우며 애틋한 가슴 쓸어내릴 수 있다는 것 되감기 한 번이면 깨끗이 지울 수 있는데

한세상 산다는 게 다 그렇고 그런 일

속이 허한 것들에게 배우다

모아두었던 빈 병들을 치우다
살며시 병의 등뼈를 쓰다듬는다
사이사이 박혀 있는 울음들이
일제히 두 손을 맞대고 아픔 발라내는데
작은 입술 훔치는 한 줄 바람에
목울대 툭툭 불거져 뽑아대는
구성진 육자배기 듣는다
모두 비워내고도 껍질 꼿꼿한 것이
늙은 내 어머니처럼
속이 허한 것들이다

비우면 모두 악기가 되는 것일까

아시나요

남해 깊은 바닷속
쓰린 눈 비비며 아침을 맞이하는 그녀

어둡고 적막한 밤이 오면 저 멀리 깜박이는 집어등
불빛 그리워 잘게 부서지는 별빛 모아서 반짝이는
네온을 켜고 파도가 만들어준 비트에 온몸 실어 흔
들흔들 춤을 추고 있다는 그녀

프리즘처럼 퍼지는 햇살 몇 올로 무지개를 뜨고 거
품을 물고 달려드는 성난 파도를 어르고 달래 작고
힘없는 생명들에게 포근하고 넓은 품 열어 안고서
짜디짠 몇 모금의 바닷물을 마시며 사랑을 나누는
그녀를 보셨나요

생의 정점을 향해 선물 같은 추억 가슴에 묻고
운명이 이끄는 그 시간까지 파도에 휩쓸리며 꽃 피
워 열매까지도 맺는다는
잘피라는 이름을 가진 그녀를 아시나요

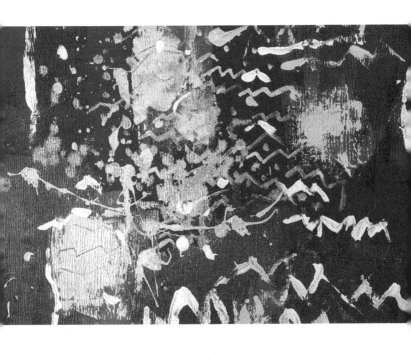

잡목 숲이 아름다운 이유

불타던 샛강의 손짓을
가슴에 품은 작은 물줄기
무수한 수로를 헤치며 지층을 더듬는다
뿌리가 준비한 축제를 향해

저, 어둠이 가시지 않은
산모롱이에
새벽 별 찬란히 빛날 때
잎을 벗어버린 나목들
일그러진 상처 틈새를 비집고

긴 깨달음의 시간을 지난
몇 방울의 수액이
온몸 가득
푸른 별빛을 두르고
또 하나의 작은 우주 속으로
몸을 던지는 그곳

이연異緣

한해살이풀 줄기
향나무 등걸을 감고 오른다

우듬지 바라보는
저 애처로운 눈빛
십 년에 한 번 뒤돌아본다는데
어쩌려고 몸을 뒤틀며
갈고리 같은 손
허공 움켜쥐고 펴지를 못한다

이승과 저승의 경계를 부여잡고
평생을 가슴앓이한
내 어머니 같다

등걸 속 어디쯤
달 밝은 밤 신방을 차려놓고
밤새도록 오방색실을 꿰어
찬란한 수를 놓는가

아침이 오면 그 옷 입고
자진모리 한판 덩실덩실 춤추려나

그 남자

영하의 추운 날
이별하고 돌아선 기차역
에스컬레이터 계단에
앞서 발 올린 허름한 사내
운동화 뒷모습이 아귀 입을 닮았다
벌어진 밑창 사이로
서릿발 같은 바람이 들락거리다
따라 올라서는 나를 바라본다
한 계단 한 계단 올라설 때마다
어디에서 들려오는 걸까
귓가를 간질이는 무언의
이야기 가슴 아리다
멀쩡한 신발들이 쓰레기장에
수없이 지금 버려지고 있는데
울컥 찬 바람이 가슴 한켠을
움켜쥐고 흔든다
얼마나 많은 길들의 시간이

저 낡은 운동화의 몸을
비비고 지나갔을까
남루한 신발을 신은 남자
몇 명의 아이들을
알토란같이 키워내
저녁에 돌아가는 그의 집에서는
아이들의 웃음소리 끊이지 않고
착한 그의 아내가 차려주는
소박하지만 따뜻한 밥상을 받으며
두 눈을 마주치고 함께 웃을 것 같다
기차역에서 만난 그 남자
행복한 마음으로
감각마저 무디어진 발을
아무도 모르게 추스르며
지나온 길들의 시간까지
다독일 것 같다

황혼을 훔쳐보다

병원 복도를 서성이는 노부부
둘이 손을 꼬옥 잡고
뒤뚱뒤뚱 걷고 있다

행여 넘어질세라 챙겨주는 눈길이
만년설도 녹일 듯 한없이 따뜻한데
하얗게 서리 내린 머리카락 위
살아온 시간들이 웃으며 바라본다

시간을 아우르며 지나온
삶의 알록달록한 자투리를 걸치고
걸어가는 뒷모습이
반짝이는 상고대처럼 아름답다

힘 빠진 저 걸음걸이도
멋진 춤사위로 보이는데
맞잡은 두 손등에
시커먼 저승꽃 몇 송이

누군가 한 사람에게만이라도
사랑을 받을 수 있다는 것은
참 잘 살아온 인생일 터

소독 냄새 나는 병원 복도에서
잘 여문 황혼을
아무도 모르게 훔쳐보고 있다

그날

하얀 눈이 애써 눈물 고아 찐득찐득 내리고 있었어요 정이월 꽁꽁 언 땅에 날카로운 삽날이 찍혀 크앙 크으앙 비명을 지르고 사방이 쩍쩍 소리 내며 달라붙던 그날이었어요

더 이상 흘릴 눈물도 남아 있지 않은 우리가 가여웠던지 발자국이 숨도 쉬지 못하고 조심조심 따라다녔어요 "아가 춥다 목도리 단단히 두르고 내려가렴" 끈적이는 눈발을 헤집으며 귓가에 와 속삭이는 목소리 있어요 어쩌다 함께 간 횟집에서 흰 살점 밑에 깔린 무채만 열심히 집으시며 맛있다 맛있다 안 먹어도 배부르다 하시던 말씀들 모두 모두 삽날 밑에 찍힌 채 크앙 크으앙 울고 늙은 어미에게 향했던 모진 투정들이 누렇게 뜬 동그란 흙 지붕 위에 상고대로 피어 반짝이던 바로 그날이었어요

고추 벌레

암 병동 202호실
헐렁해진 살가죽을 남의 옷인 양 걸치고
토악질해 대는 그녀
여린 사슴의 눈망울 닮은
검고 깊은 그녀의 눈이
해거름 산자락에 걸린 슬픔처럼
병실 가득 출렁댄다
자식 셋 줄줄이 달고
아등바등 걸어왔던
청상의 매운 시간들
늘 걷고 싶었던 해빙의 푸른 그 길
그저 바라보기만 했다
언제부터인가 굳게 닫혀 열리지 않던
작은 문고리를 잡고
실낱같은 희망마저 박탈당한 그때부터
절망의 시간들 목울대에 퍼렇게
울혈로 맺히고

붉은 벽 속에 숨어 있던 푸른 전갈들
꼿꼿이 꼬리 세우고
딸랑딸랑 검은 독 미친 듯
핏속에 풀어 넣었다
사위어가는 그녀의 작은 얼굴에
검은 꽃이 피어나고
그녀의 시간들이 아직도
가쁜 숨 몰아쉬며 푸른 그 길 더듬고 있는데
얇은 모포 자락에 숨어
자꾸만 토악질해 대는 그녀
몇 겹의 연을 지나온 아기별 하나 지금
앞 동 신생아실에 톡 떨어져 울음소리 우렁찬데
서녘 하늘의 별이 되려는지 굼실굼실

환하게 빛나고 있는 고추 벌레

미라, 잠들지 못하는 낮달

호기심 가득한 이름표를 붙이고 날 바라보지 마 퀭하게 뚫린 눈가에 진액으로 말라붙은 눈물 보이지 근육과 실핏줄이 얼기설기 일어서서 공사장 지지대처럼 보일걸 한때는 바람이 되고 싶었어 왜 그 자리에 꼼짝 못 하느냐고 아무리 물어도 소용없어 먼 루브르박물관 유리 상자에 누워 뭇시선에 온몸이 달아올라도 오도 가도 못하는 날 안쓰럽게 보지 마 또다른 인연의 꿈을 꾸고 있어 먼 옛날엔 커다란 보자기 활짝 펼쳐 모서리가 있는 모든 것들 싸안고 많은 이들의 희망이었을 때도 있었어 뼛골마저 바짝 말라붙어 한 겹 가죽뿐인 날 호기심 가득한 눈으로 보지 마

사방이 어둠에 싸이면 수천 년을 거슬러 고향을 찾아 떠날 수 있을까 우주 어디쯤,

어느 별에서 내게 왔을까

어느 별에서 내게 왔을까

또 다른 세상을 꿈꾸는

무수한 인연의 행간

푸른 실금 도드라진 심장 소리

우주의 음파다

낯설지 않은 떨림

짚어보고 싶은 내 영혼의 진동

긴 기다림의 산고를 치른

양수 비린내 가득한 정동진의 아침

달팽이관을 빠져나와

허공을 울리는

바퀴 소리, 바퀴 소리

전설 속으로 숨은 바다

바다의 흔적을 그리워하는
다섯 마리의 말들은
어깨 부둥켜안고 전설이 되었다

전남 고흥군 도덕면 오마리*
반듯하게 정리된
삼백삼십만 평 옥토

동편으로 풍양읍 서편으로는 도양읍
드넓은 수평선 아래
길게도 누웠다

한센병을 숙명인 양
하늘 한 번 바로 보지 못한
천형의 모진 시간

짜디짠 바닷물이 상처를 절여
뼛속까지 무디어진 삭신을 끌고
앞날의 희망으로 부풀어

하늘로 되돌려 준
이웃의 숫자가 얼마나 되는지
그들은 함구한다

뭉그러진 손과 발 아무 곳에도 없고
누런 물결만 쏘오쏘오 바람에 쓸려
통탄의 눈물들이 전설 속에 펄떡이는

전남 고흥군 도덕면 오마리
다섯 마리의 말들은
어깨 부둥켜안고 전설이 되었다

* 정부는 낙원을 만들어준다는 감언이설로 한센병 환자들의 피와 땀
을 착취하여 바다를 메우게 해놓고 주민 반대를 이유로 그들을 무자
비하게 내쫓았다.

그 겨울, 길 위에서

마지막 열차도 떠나버린
텅 빈 역사
바쁜 일상을 짜깁기하던
무거운 발길들이
모두 빠져나간 그곳
퀴퀴한 냄새들이 들큼한 술 냄새와 섞여
나비처럼 날아다니고
널브러진 빈 술병들만
차가운 콘크리트 바닥을 뒹굴며
보이지 않는 내일을 부둥켜안고
잠을 청해보는 늦은 밤에도
길 건너 수십 층 빌딩에

환히 켜진 화려한 불빛들을 그저
바라만 볼 수밖에 없는 슬픔들만
지친 눈꺼풀 밑에
차곡차곡 쌓이는데
꿈속에서나마
이제는 기억마저 가물대는
가족들의 온기를 찾아
바람 귀퉁이에 누워
내동댕이쳐진 시간들을
얼기설기 기워보며
쥐며느리처럼 웅크린
그 남자의 노숙

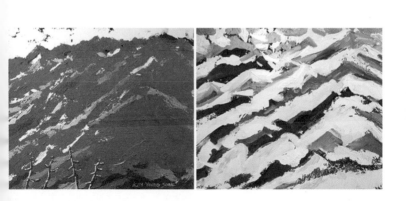

시간이 마비되다

산 자와 죽은 자의
시간이 함께 가는 곳이 있다

간절한 기도와
침묵의 눈물들
피떡 진 상처 어르고

생명을 지키려는 자와
내려놓으려는 자의 싸움

그림자 뒤에 숨어 있던 죽음이
한 땀 그물을 손질하듯
짓이겨진 뼈와 살에 수놓던
거칠고 고단했던 하루가
히죽거리며 바라본다

그곳에서는 모두가
정지된 사진 속 시간여행자들

한 순가락도 안 된다는
영혼의 무게를 껴안고
춤을 추는 그곳에서는

눈물도 말라버린 채
신의 허락을 기다리고 있는
시간마저 마비된
권역 응급실

그루터기가 우는 밤

봄날 저 넓은 들판에 서면 모두가 부드러운 것들뿐
멀리 보이는 능선과 불어오는 바람 작은 보리들의
군무까지도
휘청거리는 것이 어디 그것뿐이랴
축축한 논에서 태어나 타작마당에 잡티가 되어 남의
눈 속에 가시로 박혀 울리고
털어내면 털어낼수록 깊이깊이 뚫고 들어와 에이는
이 통증
잡티로 날아가 껄끄러운 가시가 된 적 있었는지 생
각해 볼 일
너도 예전에 부드러운 것들 중 하나
이제는 푸른 달빛 쏟아지는 겨울 들판에 온몸에 얼
음 가시를 면류관처럼 뒤집어쓰고
줄지어 서서 숨죽여 울고 있는가
텅 빈 들판에서 찬 바람 맞으며 서서 우는가

봄이 오는 소리 들린다

흰 벽 속에 순장되다

연세 세브란스병원 77동 7707호 고집불통 남자와
순장된 한 여자
슬플 때나 기쁠 때나 함께 울고 웃던 여자 긴 반찬
투정에 뱁새눈으로
흘겨대면 많은 것을 바라지 말라며 커다란 눈만 껌
벅이는 여자
전생에 제왕과 함께 순장되었던 왕가의 여자였던지
소독 냄새 날리는 하얗고 긴 복도를 기품 있는 미소
를 지으며 스쳐 가는 여자
뼈가 새까맣게 썩어가는데도 금붕어처럼 줄담배 뻐
끔대고
카페인 든 커피를 생수 마시듯 들이켜는 고집불통
남자와 함께 순장된,

창밖에 빗줄기 세차게 뿌리는 날이면
월, 화, 수, 목, 금, 토, 손가락을 꼽아보다
빗물 속에 살포시 몸을 숨기고 어디론가 둥둥 떠가
는 한 여자

소록도

풀뿌리 돌부리에 채어

너덜너덜 찢긴 살갗

뭉그러져 떨어져 나간다

말없이 받아안은 천형의 모진 세월

숨이 멈출 것 같은 아픔을 숙명인 듯

떼어놓고 온 어린 자식들 울음소리 귓가를 짓무르게

해도

꺼이꺼이 새어 나오는 짐승 울음마저도 사치였다

기약 없는 그 길 위에서 피와 땀까지 얼룩진 노역을

이 악물며 견디고

바람인 양 들고 나던 당신들만의 제비선창

소리 없이 흘렸던 뜨거운 그 눈물들은

벗겨도 벗겨도 또 벗겨지는

천형, 그 아픈 시간들 숨 쉬고 있다

겨울 산사에서

어스름 내리는 금산사
대웅전 앞뜰에
다람쥐 한 마리 저녁 공양 올리네

어디서 주워 왔을까
찌그러진 도토리 한 알
모락모락 김이 오르네

옴질거리는 작은 입
천수경을 외우는지
계곡을 깨우는 풍경 소리에
합장하고 절을 올리네

법당 문살에
모란 연꽃 활짝 피어
무릉도원이 여기 있는데
키 작은 연꽃탑 앞에서
일어설 줄 모르네

211

전지

봄이 오기 전
너의 사지는 모두 잘렸다

파르르 붉은 핏물 뚝뚝 흘리고 섰다
사방에 비릿한 피 냄새 낭자하다
지난 겨울
결빙의 고단함이 얼룩지며 바라본다
너의 심장은 다시
층층이 무늬를 새기었다
살랑대는 바람에
몇 잎 이파리들
불끈불끈 물 올리는 펌프 소리
실핏줄 탱탱해지고
아무도 가지 않는 허공의 그 길을
뚜벅뚜벅 걸어가는 뚜벅이
바람에 흔들리며
길을 내는

넌 다시 푸르르다

불자로서의 깊은 자비심과
어머니를 향한 절절한 그리움

허형만 시인·목포대 명예교수

손짓하지 않아도
샛강에 노을로 물드는
늦은 오후처럼
ㅡ「지음知音」

김영숙 시인이 2006년《정신과표현》으로 등단한 지 무려 15년 만에 첫 시집을 출간한다는 소식을 듣는 순간 가슴이 떨렸다.

"축하해. 그래, 몇 편?"

"108편요."

"뭐라고? 아니 시집 한 권 내는데 무려 108편씩이나?"

"시만 묶는 게 아니고 그림도 넣어서 시화집을 낼 거예요."

"화가니까 그림 넣는다는 건 이해하겠는데 몇 점 정

도?"

"65점 정도요."

"아니, 시 108편에 그림 65점을 하나로 묶는다고?"

"그럼, 출판사는?"

"김영재 선생님의 책만드는집에서 내기로 했어요."

"그래. 거듭 축하해!"

김영숙 시인과 통화 중에 나는 계속 놀라움에 휩싸여 할 말을 잊었다. 통화를 끝내고 이 통 크고 당찬 기개와 자신감에 찬 목소리에 오히려 내가 주눅이 들었다. 축하한 다고 전화는 끊었지만, 순천 출신 김영재 시인만 고향 후배 때문에 고생 좀 하겠구나 싶어, 김영재 시인에게 전화해서 잘 부탁한다는 당부와 함께 고생 많겠다고 위로의 말을 전했다.

김영숙 시인은 불자이다. 이번 시집의 시를 108편으로 고른 이유가 인간이 지닌 번뇌가 백여덟 가지임을 익히 잘 알고 있는 불자로서의 정신세계를 상징한다. 나아가 티베트나 네팔을 여행해 본 사람들은 보았겠지만 죽은 이의 영혼을 위로해 주는 108개의 깃발 타르초의 의미도 내포하고 있다. 또한 불자로서 108배를 하는 이유도 오염된 물통을 엎어서 쏟듯이 자기를 비우는 하심下心의 수행이기 때문이다. 한편, 김영숙 시인은 화가이다. 화가로서 개인전 5회를 비롯하여 남농미술대전 초대작가, 전라남도 미술대전 및 순천미술대전 초대작가, 한반도미술대전 및 새하얀미술대전 초대작가 등 쟁쟁한 경륜과 중국, 이태리 등 국제적인 갤러리의 초대작가로 활동하고 있으니 응당 시만이 아닌 그림도 곁들여 명실공히 알찬 시화집을 내고자 하는 깊은 마음을 충분히 이해한다.

이 축하의 글 서두에 김영숙 시인의 작품 「지음」을 소개한 이유가 있다. '지음知音'은 잘 알려져 있듯 백아伯牙와 종자기鐘子期의 이야기에서 유래한 말이다. 백아가 물 흐르는 것을 생각하며 연주하면 종자기는 곁에서 "강물이 넘실대는 것 같군"이라고 하고, 산을 오르는 것을 생각하며 연주하면 종자기는 또한 그 마음을 그대로 읽었다. 이렇게 마음이 서로 친한 벗인 종자기가 죽자 백아는 거문고 줄을 끊고 평생 다시는 연주하지 않았다고 한다. 이 이야기는 『열자列子』에 소개되어 있다. 시인이 쓴 시를 알아주는, 그림을 제대로 감상해 주는, 「지음」 본문에서처럼 "손짓하지 않아도/ 샛강에 노을로 물드는/ 늦은 오후처럼" 함께 마음 깊이 젖어주는 사람이 있다는 것은 분명 행복한 일이다. 김영숙 시인에게는 이 지음知音의 한 사람이 얼마 전 세상을 하직한 양해열 시인이다. 김영숙 시인을 평소 친누나처럼 따르던 양해열 시인이 몇 해 전, 등단하고도 오랜 기간 시집을 내지 않는 김영숙 시인의 작품 97편을 골라 시집을 낼 수 있도록 배려한 그 마음은 참으로 감동적이다. 양해열 시인이 뽑아준 작품은 이번 시집 속에 고스란히 들어 있어 세상을 떠난 양해열 시인의 마음까지 함께 담아내고 있다.

앞에서 언급했듯이 김영숙 시인은 불자이다. 별이 빛나는 밤하늘을 점자책으로 보는 신선한 시적 감각으로 "수억 년 생명의 역사가/ 알몸으로 꿈틀거리고/ 윤회의 바퀴 소리"(「별밤」) 덜거덕거리는 찬란한 별들의 소리에 귀를 기울이는 시인을 보라. "윤회의 바퀴 소리"라니. 불자 시인이 아니고선 상상도 못 할 윤회의 이미지가 아닌가. 윤회란 사람이 죽었다가 다시 태어나고, 다시 죽는 것을 반복하는 윤회전생輪廻轉生을 말한다. 성철 스님께서 법정 스님과의 대화에서 윤회사상에 대해 "인도의 고유 사상으로서 옛날부터 내려온 사상이었습니다. 현상적인 면에서 생사윤회가 있다는 것은 일반적인, 표면적인, 피상적인 관찰력으로도 많이 이해가 될 수 있기 때문에 인도에서 부처님 전에도 윤회사상이 있었어요. 윤회사상에서 따라

오는 것이 인과사상이고 업사상입니다"(『설전』, 책읽는섬, 2016)라고 말씀하셨다. 스페인의 오르테가는 사물이 없이 내가 있을 수 없으며 내가 없으면 사물은 없는 것이라 했거니와 별과 시인, 그것도 수많은 별을 점자책으로 보고 그 속에서 별들의 삶을 윤회로 읽어낼 수 있음은 기막힌 통찰이 아닐 수 없다. 다음의 또 다른 별을 소재로 한 작품 한 편을 보자.

어느 별에서 내게 왔을까

또 다른 세상을 꿈꾸는

무수한 인연의 행간

푸른 실금 도드라진 심장 소리

우주의 음파다

낯설지 않은 떨림

짚어보고 싶은 내 영혼의 진동

긴 기다림의 산고를 치른

양수 비린내 가득한 정동진의 아침

달팽이관을 빠져나와

허공을 울리는

바퀴 소리, 바퀴 소리

　–「어느 별에서 내게 왔을까」전문

앞에서 논한 「별밤」과 연결하여 읽어보면 시인의 별에 대한 불교적 심상이 얼마나 잘 나타나는지 알 수 있다. "어느 별에서 내게 왔을까/ 또 다른 세상을 꿈꾸는/ 무수한 인연의 행간"이라 했다. 이 세상 삶이란 인연 아닌 것이 어디 있으랴. "긴 기다림의 산고를 치른/ 양수 비린내 가득한 정동진의 아침" 떠오르는 태양 또한 깊은 인연이 아니라면 어떻게 맞이할 수 있을 것인가. 그래서 "낯설지 않은 떨림"으로 "우주의 음파"를 감지하는 것이다. 어찌 아침 태양뿐이랴. 아침 6시에서 7시 사이 꽃잎이 막 열리기 시작하는 굴바라 연꽃을 보며 "어디에서 오시는 길일까/ 바람 한 줄기"(「굴바라」)와 "적멸보궁을 두드리던/ 몇 줄기 초겨울 비"(「천 개의 손」), 그리고 용문사 은행나무의 절 안에 가득한 향기에 "일주문 밖에서부터/ 취하"(「용문사 은행나무」)는 인연의 깊은 속내를 읽어내는 저 힘을 보라.

바닥에 납작 엎드려
제 몸 물기를 털고 있는
두꺼비 한 마리

차가운 콘크리트 바닥이

가죽만 남은 가벼운 육신을
찐드기마냥 붙잡고

저만큼 떨어져 있던
작은 햇살이 살며시 앞섶을 끌어다
덮어준다

몇 번의 바퀴들이
저 여린 몸뚱이를 지나갔을까

네가 흘린 한 방울의 눈물이
이정표가 되어
저 먼 우주의 끝까지라도
찾아갈 거야

풀숲을 그리워하지는 마
너에겐 무서운 독이 있잖아
너는 복을 가져다주는
행운의 두꺼비였어

바람이 되어 날아라

훨훨 날아가라
　－「풍장 3」 전문

　「풍장」 연작시 세 편 중 세 번째 작품이다. 풍장이란 시체를 비바람에 쐬어서 자연스럽게 소멸시키는 장례법이다. 이 연작시는 사람의 시체가 아닌 고양이, 매미, 두꺼비의 주검에 대한 불자로서의 자비심을 보여주는 작품이다. 위의 인용 작품은 "몇 번의 바퀴들이/ 저 여린 몸뚱이를 지나갔을까"에서 보여주듯 로드킬당한 두꺼비의 "가죽만 남은 가벼운 육신을" "차가운 콘크리트 바닥이" "찐드기마냥 붙잡고" 있는 광경을 그냥 무심히 스치는 것이 아니라, "저만큼 떨어져 있던/ 작은 햇살이 살며시 앞섶을 끌어다/ 덮어"주는 것까지 관찰함으로써 시인의 자비심을 극대화하고 있다. "후미진 식당 한켠" "미동 없는 고양이 한 마리"(「풍장 1」)에서 "저 눈부신 화엄"을 보고, "황톳길 가시 풀섶에/ 염도 하지 못하고 널브러진/ 매미 한 마리"(「풍장 2」)의 "정강이뼈 하나 추려/ 피리 만들어 가슴에 품고/ 생전에 못다 부른 네 노래/ 삘릴리삘릴리 불어줄" 자비심을 보여주고 있다. 불경 72경 중 여덟 번째 경이 '자비경'이다. 이 자비경은 "어떠한 생물일지라도, 약하고 강하고 굳세거나, 그리고 긴 것이건 짧은 것이건 중간치건,

굵은 것이건 가는 것이건, 또는 작은 것이건 큰 것이건, 눈에 보이는 것이나 보이지 않는 것이나, 멀리 살고 있는 것이나 가까이 살고 있는 것이나, 이미 태어난 것이나 앞으로 태어날 것이나 살아 있는 것은 다 행복하라"고 가르친다.(물론 가톨릭 신자들도 미사 중 '자비송'을 읊는다.) 이 자비경의 가르침에 따라 김영숙 시인은 불자로서의 자비심을 「풍장」 연작시 속에 은은하게 녹여내고 있어 감동적이다.

김영숙 시인의 이번 첫 시집의 핵심 중 또 하나는 어머니에 대한 그리움이 짙게 배어 있다는 점이다. 어머니의 일생이 한 권의 시집 속에 고스란히 담겨 있다는 것은 곧 이 첫 시집을 사랑하는 어머니 영전에 바치고자 하는 시인의 애틋함이 담겨 있다는 뜻이리라.

봄 하늘을 가르던
나비 한 마리
장다리꽃 위에 앉았다
살포시 접은 날개
눈이 부시다

가만히 바라보다 꿈을 꾸듯 더듬는

포근한 당신의 품 그립다

삯바느질하느라
새벽 별 차갑게 반짝이던 겨울밤
달달달 돌아가던 재봉틀 소리는
내겐 언제나 달콤한 자장가

자투리 천 이리저리 맞추어
나비 날개같이 예쁜 옷
만들어 입혀놓고
우리 강아지
나비처럼 훨훨 날거라

불혹 넘기고 얻은 막둥이
가슴 아리게 보듬고서
등 뒤에 얼음 칼날 서 있는데
오들오들 떨리는 두 무릎
윗목 한편에 눌러놓고
얼음처럼 차가운 손바닥에
고운 비단 쓸리는 소리
새어 나오던 긴 한숨 소리

동지섣달 긴긴밤을 어르고

새벽 별 파랗게 뜬 하늘가
언 달빛마저
웅크리고 앉은 당신의 그림자를
달래주던
유년의 긴 겨울밤

나비 한 마리
고운 날개 활짝 펴고
봄 하늘을 가른다
눈이 부시다
 -「나비」전문

　봄 하늘을 가르던 나비 한 마리가 장다리꽃 위에 앉은
모습에 눈이 부신 상황과 그 나비가 고운 날개 활짝 펴고
봄 하늘을 가르며 날아오르는 모습에 또 눈이 부신 상황
사이에 그리운 어머니를 떠올리는 액자식 작품이다. 총 7
연 중 2연부터 6연까지 어머니를 그리워하는 시적 상상력
의 근원에는 유년 시절 "자투리 천 이리저리 맞추어/ 나비
날개같이 예쁜 옷/ 만들어 입혀놓고/ 우리 강아지/ 나비

처럼 훨훨 날거라" 하신 어머니의 말씀이 있다. 장다리꽃
위에 앉았다가 다시 봄 하늘을 가르며 날아가는 나비를
"가만히 바라보다 꿈을 꾸듯 더듬는/ 포근한 당신의 품"을
그리워하는 시인은 "유년의 긴 겨울밤" 달콤한 자장가로
들렸던 어머니의 "삯바느질하느라/ 새벽 별 차갑게 반짝
이던 겨울밤/ 달달달 돌아가던 재봉틀 소리"를 다시 떠올
린다. 김영숙 시인은 어머니가 "불혹 넘기고 얻은 막둥이"
였다. 그러니 남들보다 어머니에 대한 그리움이 더욱 절
절할 수밖에 없을 것 같다.

그 소리
바람이 흐느끼는 소리도 같고
먼바다 물질 중인
그녀들의 숨비소리도 닮았다

지금은 누렇게 시든
그녀의 한 생이
삶의 차가운 바람 덥히며
하얗게 세어버린
청상의 머리칼
쩍쩍 갈라 터진 손끝

삯바느질 고운 비단을 깨우고

진보라 꽃잎 위에 새겨진 지문
굽신굽신 동서남북 들이밀며
탱탱히 밀어 올려
생애 단 한 번 일어서는
마른 꽃 대궁의 앙상한 저 엉덩이
붉디붉은 휘파람 소리

저기
뎅그렁뎅그렁
진보라색 종소리로 걸어 나오는

…… 엄마
　－「할미꽃」전문

　김영숙 시인의 어머니는 "하얀 눈이 애써 눈물 고아 찐
득찐득 내리고 있"는 "정이월"(「그날」)에 돌아가셨다. 그
어머니의 무덤을 찾아온 시인은 무덤가에 핀 할미꽃을 발
견하곤 "그녀의 한 생이" "하얗게 세어버린/ 청상의 머리
칼"과 삯바느질로 "쩍쩍 갈라 터진 손끝"과 "진보라 꽃잎

위에 새겨진 지문"을 떠올린다. "이승과 저승의 경계를 부여잡고/ 평생을 가슴앓이"(「이연異緣」)하신 어머니는 "속이 허한" "빈 병"(「속이 허한 것들에게 배우다」) 같은 "청상과수"(「구절초」)로 "습기 찬 문간채 골방"(「고치 속으로 들어가다」)에서 "삯바느질 고운 비단 위에서/ 능숙하게 춤추던"(「침척針尺」) 분이셨다. 그런 분이 할미꽃을 통해 "뎅그렁뎅그렁/ 진보라색 종소리로 걸어 나오는" 모습은 얼마나 눈물겨운 일인지 시인은 목이 메어 크게 불러보지도 못하고 가까스로 불러보는 "… 엄마"다.

마지막으로 김영숙 시인의 시 세계에서 빼놓을 수 없는 점은 시인의 성품 그대로 이웃에 대한 따뜻한 시선과 연민의 정이다. 다시 자비경의 구절을 보자. "마치 어머니가 목숨을 걸고 외아들을 지키듯이, 모든 살아 있는 것에 대해서 한량없는 자비심을 발하라. 또한 온 세계에 대해서 무한한 자비를 행하라. 위로 아래로 옆으로, 장애도 원한도 적의도 없는 자비를 행하라. 서 있을 때나 길을 갈 때나 앉아 있을 때나 누워서 잠들지 않은 한, 이 자비심을 굳게 가지라. 이 세상에서는 이러한 상태를 신성한 경지라 부른다." 이러한 자비경의 가르침을 실천하는 불자가 바로 김영숙 시인이다. 이미 앞에서 「풍장」 연작시를 통해 죽은 두꺼비, 고양이, 매미의 영혼에게 자비심을 발원했음을 살펴보았거니와 이제는 이웃집 아줌마, 낡은 운동화를 신은 허름한 사내, 노숙자, 병원 복도를 서성이는 노부부, 소아암 병동의 어린이들, 권역 응급실의 환자들, 소록도의 한센병 환우들, 지하 단칸방의 아이, 포장마차의 촌부, 고물 리어카 끌고 가는 허름한 사내, 암 병동 202호실 그녀, 장기 요양 병동 203호의 그녀 등 김영숙 시인이 만나고 보고 겪은 사람들에 대한 자비심 어린 마음과 눈빛은 참으로 불성佛性 그 자체이다.

중앙동 동사무소 옆
조그만 문 밀면
낮이나 밤이나
푹푹 찌는 복중에도
하루 종일 고운 실 뽑아
예쁜 꽃과 나비 불러
봄 꽃밭 만들어놓고
계절을 넘나들며 사는
부러운 사람 있다
구멍 난 옷 슬쩍 들이밀면
금세 예쁜 꽃 몇 송이

탐스럽게 피어난다

짙은 향기에 코 벌름대다

감사 전하고 돌아서는데

빼꼼히 열린 작은 문 틈새로

수줍게 눈인사 주는 그녀

숭숭 뚫려 미처 채우지 못한

내 지난 시간들도

고운 색실 뽑아

감쪽같이 수놓아 줄 것만 같은 그녀

이화 자수 아줌마

　－「그녀 이야기」 전문

　이 시에서 '그녀'는 "이화 자수 아줌마"를 지칭한다. "이
화 자수"는 물론 자숫집 상호인데 "중앙동 동사무소 옆"에
가게를 차려놓고 "하루 종일 고운 실 뽑아/ 예쁜 꽃과 나
비 불러/ 봄 꽃밭"을 만드는, 그러니까 "푹푹 찌는 복중에
도" 아랑곳하지 않고 아름답게 자수 놓는 일을 하는 아줌
마에 대한 따뜻한 시선과 마음가짐을 전하고 있다. 그녀
의 자수 놓는 솜씨가 얼마나 대단한지 시인은 "숭숭 뚫려
미처 채우지 못한/ 내 지난 시간들도/ 고운 색실 뽑아/
감쪽같이 수놓아 줄 것만 같"다고 칭찬한다. 이렇게 칭찬

할 수 있음은 시인의 심성이 곱기 때문이고, 또한 그녀도 "빼꼼히 열린 작은 문 틈새로/ 수줍게 눈인사" 줄 만큼 아름다운 마음씨의 소유자임을 알 수 있다.

김영숙 시인의 이 고운 심성과 따뜻한 시선은 "영하의 추운 날/ 이별하고 돌아선 기차역/ 에스컬레이터 계단에/ 앞서 발 올린 허름한 사내"(「그 남자」)의 낡은 운동화 뒷모습을 보고 측은지심을 보이는 데서도 드러난다. 기차역에서 만난 남루한 그 남자의 남루한 신발을 보며 멀쩡한 신발들이 쓰레기장에 수없이 버려지고 있는데 제대로 좋은 신발 한 켤레 챙겨주지 못하는 마음이 오히려 마음 저리게 한다. 그뿐이 아니다. "마지막 열차도 떠나버린/ 텅 빈 역사/ (……) / 꿈속에서나마/ 이제는 기억마저 가물대는/ 가족들의 온기를 찾아/ 바람 귀퉁이에 누워/ 내동댕이쳐진 시간들을/ 얼기설기 기워보며/ 쥐며느리처럼 웅크린"(「그 겨울, 길 위에서」) 노숙자나 "고물 리어카 끌고 가는 허름한 사내 커다란 엿가위 장단에 맞춰 가만가만 뒤따르는 그의 고운 아내"(「나는 도둑고양이처럼」), "장기 요양 병동 203호/ 빈 천장 바라보며 옹알이 중인 그녀"(「칠월, 아스팔트 위의 만다라」), "암 병동 202호실/ 헐렁해진 살가죽을 남의 옷인 양 걸치고/ 토악질해 대는 그녀"(「고추 벌레」)에 대한 연민의 정도 남다르다. "연세 세브란스 소아암 병동에/ 분꽃씨처럼/ 눈이 까만 작은 천사"(「천사 날개 달다」), "약 내음 짙게 깔린/ 병원 복도에/ 줄 맞추어 앉아 있는/ 한 무리 아이들"(「훔쳐보기」) 모두 김영숙 시인에게는 무심코 지나칠 수 없는 자비심이 읽힌다.

이처럼 이웃에 대한 따뜻한 시선으로 측은지심과 불자로서의 자비심을 보여주는 김영숙 시인도 "나도 누구를 위해서/ 향기 비슷한 걸 줄 때가 있었는지/ 왼쪽 가슴께 콕 찌르는/ 어떤 것 있다"(「탱자」)고, 그리고 "잡티로 날아가 껄끄러운 가시가 된 적 있었는지 생각해 볼 일"(「그루터기가 우는 밤」)이라며, 자신을 성찰하는 겸손미를 잃지 않는다. 그래서 여기 마지막으로 「가시」를 읽으며 김영숙 시인의 아름다운 그림이 곁들여진 첫 시화집 출간을 진심으로 축하하고 동시에 그동안의 노고에 박수를 보낸다. 「가시」의 전문은 다음과 같다.

오랜만에 만난 그 사람

달려가 볼 비비며

꼬옥 안아주고 싶었다

그리웠다고

보고 싶었다고

수없이 많은 날들을

어떻게 지냈냐고
따뜻한 한마디 말 듣고 싶었다
흘러간 시간만큼
원망이 자랐는지
가시나무 한 그루 자라나 있었다
날카로운 가시 통통 튕겨 나와
가슴 언저리에 코옥 박히더니
뼛골 속까지 헤집어
나, 두 손으로 감싸 안는다